文芸社

これは、何らかの理由で児童養護施設で暮らすことになった子供たちの物語です。

（一）

少年はずっと海を見つめている。

心を閉ざした少年は表情を持たない。ただただ海岸線に沿った道を車に揺られている。

時折まぶしそうに目をこする。いや、泣いているのかもしれない。

二時間ほど走って、小さな店の前でようやく車が止まった。

「お、カモメが飛んでるな」

話しかけても少年は、答えない。ただただ前方を見つめている。

「ちょっと、オレ、ションベンに行ってくる。オマエはどうだ？」

少年は、答えない。武田は車にカギをかけて、砂利を踏みしめて遠ざかっていった。

一人っきりになった少年は、寄せては引いていく波をぼんやりと見ていた。何も考えることができない。考えることが許されていない。遠くへ目をやると夕映えの海はどこまでも広がっている。

山は美しく紅葉の真っ盛りだ。北国のこの鮮やかな紅葉の、そのずっと後ろには冬将軍が控えている。

少年は海が珍しかった。


「ほら、食いな」

武田は冷たい潮風と共に戻ってきた。ヒロシの膝にビニール袋を投げると再び車を走らせた。

「もうすぐ着くから、早く食っちゃいな」

ヒロシはビニール袋を開けると、メロンパンにかぶりついた。あっという間に平らげた。

「なんだ、オマエ、腹、へってたのか」

武田は独り言のように言った。何も言わないヒロシを全く気にかける様子もない。

児童養護施設に送られる子供たちは、往々にして大人に心を閉ざしている。大人たちだけで決めて、ものも言えない子供たちはただ施設に送られるだけなのだ。


大きな岩を右手に見てトンネルを抜けた。

「おお、あそこだ」

武田が指さした先には、これまでの海岸線の寂れた小さな民家とは明らかに違う大きなコンクリートの二階建ての白い建物が、夕日に輝いていた。

「あそこがヒロシの家になるんだぞ。オマエたちのような子供の面倒を見てくれるところだ」

ヒロシの目が動いた。

「食うものも着るものも、みんなもらえるからな、安心だぞ」

どうだと言わんばかりに武田はヒロシを見て、口元をゆるめた。

〝いやだ〟

ヒロシの叫びは声にならない。

白い大きな建物はどんどん近づく。

〝どうしよう、ばあちゃん、帰りたい、帰りたいよ〟

心が壊れそうなほど叫んでいた。


目の前の建物の壁には「児童養護施設のぞみ野学園」という大きな文字が貼り付けられていた。

車は、中庭辺りで止まった。武田は後部座席から小さな紙袋一つを取り出して、それをヒロシに持たせた。

「ホレ、着いたぞ」

武田は軽くヒロシの肩をたたいた。「事務室」と書かれた部屋の中に入っていくと、一番奥に鋭い目をした年配の男がヒロシをとらえていた。

「露木部長、電話で話した内藤広志がこの子です。宜しくお願いいたします。オラ、ヒロシ、挨拶して」

ヒロシは答えない。視線を床に落としたまま紙袋をぎゅっと握りしめている。

「何年だ？」

露木部長はニンマリ笑った。彼の笑いには、彼に従うことしか許されない、そんな雰囲気が放たれていた。

「・・・六年・・・」

それだけをやっと言ったヒロシを見て、彼は高らかに笑った。その笑っている口の奥から銀歯が覗いていた。

「六年か、それにしてもずい分痩せてるな」

ヒロシを品定めするかのように上から下まで見てから言った。

「武田先生、・・・とすると、児相にはこの子の弟と妹がまだいるんですか」

彼は、高笑いがウソのようにスキのない表情で尋ねた。児相とは「児童相談所」のことである。児相の武田はヒロシを一瞥してから言った。

「それがですね、この子のおばあちゃんという人が、下の子を面倒見るって聞かないんですよ。兄ちゃんが苦労してたのに、なあ。まあ、時間の問題とこちらは見ているんですがね」

武田がヒロシの頭をポンポンとたたいた。

「苦労してるといっても、盗みは許されんぞ」

露木部長は、厳しい口調でヒロシに釘を刺した。

「補導、三回か。食い物ばっかしの万引きか」

二人は書類を見ながら、時折ヒロシに目をやった。急に武田は小声になった。

「・・・今は、小さい子供がいると児童手当が入ります。生活保護と合わせるとまあまあ生活に困ることはないでしょうが」

「なら、食うのに困らんのに、なんだ」

「そこなんです」

武田はさらに小声になって、右手首をクルクル動かした。

「これです」

「・・・？」

「これですよ」

再び手首をクルクルさせて口パクで言った。

「パ・チ・ン・コ」

「ばあちゃんがか」

「はい、ばあちゃんがです」

灰色のコンクリートの壁と床を見つめていると、ヒロシの耳に建物のどこかから幼い子供の声が聞こえた。その声に、緊張と破裂しそうな孤独な思いが救われた。


ヒロシの入所手続きが終わった。

「今、ウチも九十三人、今日で九十四人だからあと少しで満所になるんでね。実は、明日も姉妹で二人が入所予定なんです。え〜と、岩見沢児相かな」

露木は行事予定の書かれている黒板の学年ごとの男女別入所者数を、指した。

「そうなんですか。どうもこのところ札幌とか小樽のような街場の施設にはほとんど余裕がないんですよ」

「養護の子が増えてるってことですか」

「若干、窃盗とかの子も増えてきてますね。まあ、そんな中でも養護施設に収容される子供は、ほんの一握りですが。子供たちにとって、親といるのが幸せか施設に送られるのが幸せか、私にはよくわかりません」

　若い武田は卑屈な笑いを浮かべた。

　それから、二人は煙草を吸いながら少し談笑をした。

「では、私はこれで失礼します。ヒロシを宜しくお願いします」

　武田は、ヒロシに目もくれずに帰っていった。


　ヒロシは荷物を持ったまま二階に連れて行かれた。露木部長は「しらかば」と書かれた部屋の前で立ち止まった。

「あらら、まあ。露木部長」

「節さん、この子、今朝話した子」

それだけ言うと露木部長はクルリと踵を返して戻っていった。

「入んなよ、突っ立ってないで」

節さんはつっけんどんな言い方をした。部屋の中の汗臭さが鼻を突いた。両側に二段ベッドがあった。

「名前は何ってたんだったっけ」

「・・・」

「な・ま・えだよ」

「ヒロシ」

露木部長の革靴がコンクリートを打ちながら階下へと下りていく。

「何ヒロシ?」

「・・・内藤ヒロシ」

「荷物は?」

ヒロシは無言で手に持っていた袋を見せた。節さんは乱暴にその袋を取ると逆さにして中身を出した。くたびれた下着や服が散らばった。その一つ一つに、太い黒マジックで「ヒ・ロ・シ」としゃがれた声で言いながら書いていった。書き終わると、きちんとたたんでベッドの下の引き出しに入れた。〝ばあちゃんみたいだ〟ヒロシはそう思った。

「ここが、ヒロシのベッド。荷物はベッドの下、ここね、この引き出しに入れとくんだよ。夜はこの布団で寝るんだよ」

節さんは、〝ヨイショ〟と言ってよろけるようにして立ち上がった。

「それから、もうすぐ中学生も学校から帰ってくるから、仲良くするんだよ。何か困ったことがあったら言いなね」

「・・・ん」

節さんはがっしりとした小柄な体格で、頭には白髪が交じっている。少し足が悪いような動き方だった。

「ああ、それから、五時から食事だから一階に下りてきな。遅れちゃダメだよ。チャイムが鳴るからね」

無骨な手をヒロシの頭にのせてから、ジッと目を見て言った。

「いいかい。ここではめそめそしちゃダメだよ。ここにいる子はみんないろいろあってな、みんなおんなじなんだからな」

節さんがガサツな足音を立てながら出て行った。

建物のあちこちで女の人の声や子供の声がする。階下から幼児の甲高い声もする。

一人になると、ヒロシは部屋のあちこちを見渡した。両側に四人ずつ、八人分のベッドがあった。

〝ここは、大きい〟

ヒロシは、学校みたいだと思った。

「チ・ロ・チ・・・」

つぶやくような声がする。

「チ・ロ・チ・・・」

よく見ると、向かいのベッドの布団の陰から小さな顔がにっこり笑っている。

「チロチっていうの、オマエ」

小さな子にオマエと呼ばれて、ヒロシはむっとした。何も言わずに指定されたベッドに横になった。目を閉じると一日かけてずい分遠くに連れられて来てしまったとあらためて感じた。

ヒロシの頭の中には、児相の武田の車の中から見ていた海岸線の風景があった。打ち寄せては返す波が珍しかった。海は果てしなく続いて広がっていた。


朝から武田や児相の先生たちは、時計を見たりヒロシを見やったりしながら誰かを待っていた。

「う〜ん、来ないなあ」

武田が腕時計を何回も見る。

「わかっているはずなんですがね、昨日も電話して、明日K町にあるのぞみ野学園に行くことになったって連絡したんですよ」

事務員は困り顔だ。

「仕方がないですかね」

そんな話がヒロシの耳にも届いていた。

簡単な昼食が済むと、紙袋一つとランドセルを持たされて、武田の車でここへ連れてこられた。ヒロシには何が何で、ここがどこだかさっぱりわからなかった。胸が締め付けられるような孤独と不安が再びヒロシを襲ってきた。

〝ばあちゃん、どうして来なかったの〟

じわっと涙が湧いてきた。


眠りに落ちたところを突っつかれた。

「チロチ、どこから来たの」

さっきの男の子だった。

「・・・なんだよ、札幌からだよ」

人なつっこくヒロシのベッドに上がってきたので、名前を聞いた。

「名前、何ていうの？」

「ボク、ジョージ。あっちが兄ちゃんのベッドでね、そこがボクのベッドなんだ」

ヒロシの隣の上と下のベッドを指さした。

「えっ、兄弟なの？」

「そうだよ～。ボクは小学校一年生で、兄ちゃんは中学一年生だよ。ボクんちのパパはいないし、ママは病気なんだ」

ヒロシはジョージにゆるやかな親しさを感じた。

（二）

まもなく中学生が学校から帰ってくると、館内は急ににぎやかになった。ドヤドヤと中学生や小学生が入り混じって〝しらかば〟部屋に来て、新入りのヒロシを覗いていった。

「チロチだよ」

ジョージは一人一人に自慢げに紹介した。ヒロシはちょっとだけ頭を下げた。ジョージのお兄ちゃんはチラッとヒロシを見ただけだった。その無表情な暗い目は強い孤独感を湛えていた。眉毛や目のフチが濃い黒色で、顔はジョージと似ていた。

五時のチャイムが鳴ると、みんなは足音を立てて、階下に下りていった。ジョージがヒロシの手を引いていくと、周りの子たちが無遠慮にヒロシを見た。ゾロゾロと並んで、「食堂」と書かれた部屋に入っていく。ドアを入ると一気に食べ物の匂いが充満していて、ヒロシの食欲を刺激した。

炊事場では三人の白い割烹着のおばさんたちがナベやらボールやらをガンガンと音を立てながら忙しく働いていた。頭には白い手ぬぐいを巻いている。炊事場と食堂の間にある仕切り台の上にはたくさんの食べ物が並べられている。積まれているトレーを一つ取り、箸を取る。おかずの大皿とご飯とみそ汁・漬物、そしてお茶などを順に取ってトレーにのせていく。

「チロチはこっちだよ」

ジョージの隣の席に座った。部屋ごとに座っているようだった。食堂の中は少年少女たちの声や食器の音が響き合っている。ヒロシはカレイの唐揚げを見ただけで、口の中に唾液が充満してきていた。強烈ないい匂いが鼻を刺激する。ジョージがヒロシに小声でつぶやいた。

「まだ、食べちゃダメだよ」

ジョージの両手は膝の上にそろえられている。誰も食事に手を付けない。窓際の十五、六名の幼児たちだけが食事をしている。その周りを二人の若い女性職員が忙しく立ち回っている。

幼児と少し間をあけて、八十名近くの小中学生の少年少女が席に着いた。

「黙とう」

当番の少年の声と共に物音が消えた。

少しの間、黙とうの姿勢が続いた。食堂のドアが開き、靴音がみんなの前で止まった。みんなの姿勢を正す音がした。

「当番！」

「はい」

女の野太い声に、当番の少年が前に出ていった。

「では、感謝して、いただきます」

当番の声にみんなが唱和した。

「いただきます」

一斉に食器の音、食べる音がにぎやかに始まった。茶碗・皿・コップは、クリーム色、箸とトレーはこげ茶色、すべてプラスチック製だ。

コンコンと音がして、ヒロシの前で音は止まった。女は竹刀を杖のように突いていた。ヒロシを見て何も言わずに、回っていった。

「キタノセンセだよ」

ジョージがうれしそうに教えてくれる。キタノ先生は背が高くて強そうな感じがする。

「チョット、おっかないよ」

ふと見ると、目の前の唐揚げが消えていた。〝ウッ〟と思って見渡した。周りの男子が声を出さずにクスクスしている。

「オマエ、名前なんていうの」

向かい側に座っている頬の赤い体格のいい中学生が声をかけてきた。

「・・・」

「オマエだよ」

箸でヒロシを指した。

「内藤ヒロシ・・・」

「ふぅん、どっから来たの」

「札幌、札幌の東児童相談所から」

「おお、オレもだよ」

笑いかけて最後に小声で〝ありがとな〟と、ヒロシにカレイの唐揚げを見せて、ガブリとかぶりついた。

いいも悪いもない。もう食べられてしまっていた。仕方なく、ヒロシは切り干し大根と油揚げの炒め煮でご飯を食べた。みそ汁の味がやたら薄くて塩っぽかった。

「海人に、文句言っちゃ、ダメだよ」

小声でジョージが言った。ヒロシは、そっと海人を盗み見た。海人は抜かりのない目をしていて、体つきが人一倍大きくてガッツリしていた。ヒロシは、みんなど同じようにカラになった食器を洗い場の台に戻した。唐揚げは食べられてしまったが、それでもヒロシにとっては満足のいく夕食だった。


部屋に戻ると早くも勉強を始めている年長者がいた。

「チロチ、トミオカ先輩だよ。みんなはね、時々トミーって言ってるんだ」

「・・・」

「どっから来たんだ」

「ウントね、チロチはね、札幌だよ」

「ふうん、で、何年生なんだ？」

「チロチはね、六年生だよ」

「おお、オマエは口がないのかな。声も出ないのかな」

「チロチは、口あるよ、声出るよ～」

ジョージが笑った。それが面白くて先輩も笑った。

「オレね、富岡健太郎って言うんだけど、オマエは、名前なんて言うの？」

「内藤ヒロシ。六年」

「そっか。さて、勉強時間だよ。あれ、ヒロシは勉強道具あるんでしょ。こっちに来て、一時間勉強しな」

富岡先輩は、ヒロシを〝しらかば〟の仲間として普通に接してきた。

「オレ、高校一年生。ここから高校に通っているんだ。一応この部屋の室長だからね。なにか困ったことがあったら、オレに言いなね」

そう言うなり英語の辞書をめくって、何かを書き留めたりしながら、勉強に集中していった。富岡先輩は英語を勉強しているんだ、すごいなあとその横顔を見つめた。

何をすればいいのかわからなかったので、ヒロシは教科書やノートをただパラパラさせていた。気づくと富岡先輩がヒロシを見ていた。

「ヒロシ、ここではね、〝はい・いいえ・です・ありがとうございます〟とかをね、しっかり言うんだよ。いいかい、言わないとダメだよ」

「はい」

ヒロシはびっくりして大きな声で答えた。

そこに、食堂の掃除を終えた他の四人が戻ってきた。

「オイ、オマエさ、何年だ?」

ジョージのお兄ちゃんが、きつい目で聞いた。

「六年・・・です」

「あのなあ、毎週火曜日がオレら〝しらかば〟が食堂の掃除当番だからな。四年生以上は掃除しないとだめだぞ。食事の後、残れ。朝と夜とだぞ」

「はい」

「忘れんなよ」

そう言ってから、ヒロシをじっと見つめていたお兄ちゃんが顔を近づけてきて、低く小声で言った。

「・・・返事がないなあ」

「あ、はい」

「一朗太、イチ、その辺にしておけ」

富岡先輩に言われて、一朗太はそれ以上何も言わずに無表情になって勉強道具を出して勉強を始めた。

〝ジョージのお兄ちゃんの名前は一朗太なんだ〟

ヒロシは、空いているところに座ってそれとなく一朗太を見た。

〝一朗太だからイチなんだ〟

ヒロシはもう一度、一朗太を盗み見た。


他のみんなはチラッとヒロシを見ただけで無関心の様子で、すぐに勉強道具を出し始めた。会話がない、その空気にヒロシはなじめない。仕方がないので、国語の漢字の書き取りを始めようとした。国語のノートはもう書くところがない。算数のノートももう書くところがない。理科と社会は表からと裏からとで一冊を一緒に使っていて、もうとっくに書くところがない。仕方がないので国語のノートの上や下の空いているところに、漢字を書き始めた。小さくなった鉛筆で小さく三回ずつ書いた。環・・かん、熊・・くま、講・・こう、奈・・な、急に涙があふれてきた。奈津が妹の名前だった。鼻汁も流れてきた。湧き上がる感情を抑えきれなかった。こぼれた涙を拭くとノートがボロボロになってきた。

「誰かいじめたのか。何泣いてんだ」

気づくとキタノ先生が立っていた。

ヒロシからはキタノ先生の足と竹刀しか見えない。足が大きかった。

「先生、この人、今日来たばかりです」

富岡先輩が立ち上がって、答えた。キタノ先生はボロボロのノートを見て、すべてを了解したようだった。

「よし、富岡、勉強道具を全部持たせて、事務室に連れていけ。あと少し回ったら行くから待ってな」

「すぐですか」

「すぐだ」

「はい」

建物は一階も二階も勉強時間だったので静かだった。奥の幼児室から時折幼い子ども独特の甲高い声が漏れてきた。ヒロシはふと、妹の奈津の声が通り過ぎていったように感じた。

富岡先輩は誰もいない事務室のドアをノックして、〝失礼します〟とハッキリ言ってから入った。

「ここに入る時は、〝失礼します〟、出る時は〝ありがとうございました〟とか言うんだよ。黙って、出入りしちゃだめだよ」

誰もいないのにとヒロシは変な気がした。

「ほら、わかったら返事だよ」

「うん」

「ウンじゃない」

「はい」

ヒロシは言い直した。

正面には大きな机があり、袖机が左右に設けられていて書類が山積みになっていた。露木部長の机だった。

事務室に戻ってきたキタノ先生は、相変わらず厳しい言い方で聞いた。

「名前は?」

「・・・内藤広志です」

「もう少し、ハッキリ大きな声で言いなね。で、何年?」

「六年です」

キタノ先生に言われたようにハッキリ答えた。

「六年か。やせっぽっちだな。ご飯をいっぱい食べてもう少し体力つけなさい、なっ。さて、勉強道具、どれどれ、見せてごらん」

ヒロシのランドセルの中身を机の上に並べた。かすかに笑って、無言でうなずいた。それから、キタノ先生は、戸棚からノート二冊と鉛筆二本、消しゴム一つを取り出した。その一つ一つに丁寧に名前を書いた。鉛筆の背を少し削って、そこにマジックで〝ヒロシ〟と名前を書いて、大きな手で渡してよこした。

「はい、これはお前のだからなくしたらダメだよ。大切に使うんだよ。それから、足りなくなったら部屋担当の節さんかこの富岡に言って、補充してもらうんだよ」

「はい」

ヒロシの声が大きくなった。

二人は、笑った。

「鉛筆削りは、部屋に一台ずつあるから、先に部屋に戻って勉強してな」

富岡先輩に促された。ヒロシはなんだかうれしくなってウキウキしながら〝しらかば〟に戻った。

新しい鉛筆もノートも消しゴムもいい匂いがした。ノートと鉛筆を握りしめていると、ジョージのお兄ちゃんが鉛筆削りを抱えて持ってきてくれた。

「ありがとう」

はじめて素直に出たヒロシの言葉に、ジョージのお兄ちゃんは笑った。

「いいか、ここでは助け合っていかないとダメだぞ。特に〝しらかば〟は〝しらかば〟で助け合うんだ」

ジョージのお兄ちゃんは小さな声でささやいた。それから、ヒロシに自分の横の机をポンポンとたたいて、座る場所を指示した。

「ほら、ここで勉強しな」

「兄ちゃん、ボク、チロチの隣に行きたい」

ジョージが立ってきた。ジョージのお兄ちゃんは弟を見てやさしくほほ笑んだ。

「じゃあいいよ。オマエがこっちでヒロシはここね。オレは、端っこいくよ」

ジョージのお兄ちゃんは真っ白いきれいな歯を見せた。

（三）

翌朝、みんなが学校に行く準備をしている時に、ヒロシは施設内放送で呼び出された。

「しらかば、内藤ヒロシ、事務室に来なさい」

ヒロシは自分の名前が放送に流れてくることにびっくりして急いで下りていった。事務室には、キタノ先生だけではなく節さんもいた。節さんは伏し目がちに立っている。

「遅いぞ、早くしなさい」

キタノ先生の目がとんがっている。

「ちょっと後ろを向いてみなさい」

「えっ」

「早くしなっ」

後ろを向くと、キタノ先生が背中にセーターを合わせている。今度は前を向かせてズボンを合わせ、靴下とジャンパーを渡してくれた。

「これもくたびれたもんだな」

キタノ先生は、笑ってヒロシの破れた運動靴を脱がせた。それから新しい運動靴に名前を書いて履かせてくれた。

「学校から帰ったら下着も渡すからね」

びっくりしてキタノ先生の顔を見ると、やっぱり目がとんがっている。

「ほら、早く着替えてこい。学校に行くぞ」

「・・・はい」

事務室を出ていく時、ヒロシの耳にキタノ先生の厳しい声が聞こえた。

「節さん、こういうことは子供が来たらすぐに対応してやってよね」

「はい、すみません」

「小学校の方には、今日のところ私が連れて行くからさ」

「ありがとうございます」


事務室を出ると玄関先には中学生が並んでいた。たくさんいたのでヒロシはびっくりした。女子中学生もいた。男の指導員が一人一人見渡してから言った。

「よし、いってらっしゃい」

「いってきます」

低い声と共に中学生はバラバラと学校へと動き出した。

玄関先には小学生が集まり始めていた。

ヒロシが慌てて部屋に戻ると、節さんも慌てて戻ってきた。

「ほら、急いで着替えな。下で、みんな待ってるよ」

言われるまま着替えて、新品の運動靴を履いた。もらったばかりのジャンパーをはおりランドセルを背負った。ヒロシはこんなに新品のものを一度に身に着けることができて、単純にうれしかった。急いで階下に下りていくと小学生が並んでいた。

「ヒロシ、早くしな。ほら、学校の上履きだ」

キタノ先生は女だけど大股を開いて、竹刀で地面をコッコッさせながら渡してよこした。やっぱり男らしかった。

のぞみ野学園から少し離れた海岸沿いに平屋建ての小さな小学校があった。キタノ先生に連れられて行って、ヒロシは地元の小学校の生徒になった。各学年たった一クラスしかなかった。六年生の担任はじいちゃんのように見える先生だった。

施設からヒロシのほかに男子と女子の六年生がいたので、帰りは二人の後について施設に戻った。

部屋には、節さんが下着類を広げてヒロシの帰りを待ち構えていた。

「これ、みんなヒロシのものだから片付けておいてな。引き出しに入れておくんだよ。なんかたんないものがあったらな、言いな」

誰かの名前が書かれたあとがかすかに残っている古い下着類だった。その上に太い黒マジックでどれにも〝ヒロシ〟と書いてあった。パンツもシャツも誰かのおさがりだったが、それでもヒロシの私物よりはずっとましだったのでうれしかった。ヒロシは古着に〝トミオカ〟という名前も見つけた。

「今日の風呂の時、全部着替えるんだよ」

匂いを嗅ぐと、陽だまりの匂いがした。

「・・・ヒロシ、返事」

「はい」

「今から、自由時間だから、ゆっくりしてな。昨日と同じだけど、晩ご飯のチャイムが鳴るから、それまでに明日の勉強道具だけはそろえちゃいな。晩ご飯が終わったら順番に風呂だよ。ジョージも一朗太もいるから教えてもらうんだよ」

「はい」

「遅れたらダメだよ」

「はい」

節さんはしつこいくらい言った。


夕食の時間がきた。ヒロシはジョージと一緒に昨日のように、食堂でトレーにご飯やおかずをのせて席に着いた。今日は肉団子のあんかけだった。大きな肉団子が三つ、皿にのっていてとろりとしたあんかけが食欲をそそった。昨日のようにおかずを盗られないようにと、向かい側のテーブルの海人から席を離れるように、少し左にずれた。ヒロシは海人と目を合わせないようにして、トレーも心持ち左にずらした。海人はあちこち目を動かしながら両隣の人と話していた。

「黙とう」

当番の声に音が止み、やって来た足音がみんなの前で止まった。

「はい」

若い男の声がした。

「感謝して、いただきます」

みんな当番に唱和して〝いただきます〟と言うとすぐに、にぎやかに夕食が始まった。

〝ウッ〟、ヒロシは信じられなかった。三つあったはずの肉団子が一つ消えていた。何事もなかったかのように、みんな夕飯にかぶりつき始めた。隣に座っているジョージでさえ気が付いていない。

その時、一朗太が静かに言った。

「・・・タケル、返してやれよ」

タケルと呼ばれた坊主頭の中学生は、ずるがしこい笑みを浮かべて、一朗太を無視して食べようとした。

「タケル、・・・」

静かに名前を呼んだのは海人だった。

それだけで十分だった。タケルは、海人をチラッと見て、ヒロシのおかずの皿に肉団子を返した。ヒロシは、なんだかコワくて、身動きできないでいた。

「ヒロシ、食え、早く食え」

一朗太の声がした。

「はい」

消え入るような声で返事をして食べ始めた。

この時から、一朗太は海人と仲間で、ヒロシは自分が守られていることを感じた。


寒さが厳しくなり、時々、雪が舞ってきた。

そして、やがて本格的な冬がやってきた時、ヒロシは古い毛糸の帽子と手袋を施設から支給された。ずっとほしかった毛糸の手袋だった。ぼっこ手袋はあたたかかった。

ばあちゃんはいつも〝お前は我慢、我慢だ〟と言って、弟や妹が先だった。仕方がないので、ヒロシはすっかり小さくなったジャンパーのポケットにいつも手をつっこんで学校に通った。だからポケットの中はすっかり破れてしまっていた。

父さんは小さい時からいなかったし、母さんも三年前から会っていない。ばあちゃんは母さんの母さんなのに、母さんは帰ってこなかった。ばあちゃんは衣類も身の回りのものもめったに買ってくれなかった。食べるものさえこと欠いていた。ヒロシは時折弟と妹に白湯を飲ませたりした。それでも弟妹はよく腹をすかしていた。

「兄ちゃん、あれ、もらってこようか」

少し離れた店先を指さした弟の志門の言葉に、ヒロシはドキリとした。

「ば、ばか。ダメだよ。人のものをとっちゃダメなんだよ。おまえ、志門、三年生にもなってバカなこと言うな」

確かに八百屋では、たくさんのミカンやリンゴが店先に無防備に一皿ずつ山になっていた。バナナもある。

夕方、店が買い物客で混みあってきた時にヒロシは一人で来た。おばさんたちがおしゃべりをしながら大笑いして入り口を入った時、どうしたものかヒロシはバナナを服の中に入れて走った。あちこち走り回った。それから、コワくてコワくて公園の茂みに隠れた。誰もヒロシを追っては来てはいなかった。それでもコワくて足がワナワナ震えて地面についていないように感じた。

そっと家のドアを押すと志門と奈津だけだった。敷きっぱなしの布団にダラダラしていた。

「兄ちゃん、ばあちゃんまだ帰ってないよ。ごはん、ないよ～」

「ナツも、ハラへった」

二人はバナナを手にした兄を見つけ、目を丸くした。

「ほら、食え」

ヒロシは震える声で言った。喜んでいる奈津の横で、志門は兄を見てニヤリとした。

この時から、ヒロシは口に入るものを盗りたいと思うようになっていった。水を飲むだけでは我慢できないようになってきていた。

次からは、スーパーで小さなチョコレートをポケットに入れた。めったに食べたことがないチョコレートは驚くほど甘くておいしかった。志門も奈津も大喜びだった。その次はパンを一つポケットに入れた。急いで走って店を出た。走った。

「ねえ、坊や、ちょっと待って。ポケットのもの、お金払ったかな」

警備のおばさんにしっかりと腕をつかまれた。ヒロシの頭が真っ白になり体中の血がスーっと引いていった。心臓が止まったと感じた。

それなのにヒロシは、その後も、二回も食べ物を盗もうとして捕まってしまったのだった。

施設に送られてきてからヒロシは、たくさんの子供たちと一緒に生活をしている。先輩の言うとおりにしているとあまり叱られることもなかった。だんだん友達も増えて、ヒロシは少し快適さを覚え始めた。

何より、ご飯をたらふく食べられる。毎日風呂に入れる。洗濯物も出しておくと洗っておいてくれる。ヒロシは、学校にも新しい友達ができた。しだいに志門と奈津のことを思い出さなくなってきていた。

のぞみ野学園では毎日一時間の勉強時間がある。それぞれが宿題をしたり、宿題がなくても自習をしたりする。だから、宿題を忘れていく生徒はいない。たまに怠けた生徒が出ると、施設に帰ってから厳しく叱られる。

その他に木曜日には男女別々に合唱の練習があり、日曜日にはこれも男女別々に剣道の練習が行われる。

木曜の夕食後には、小学生以上の男子は合唱の練習のために講堂に集まらなければならない。

今日も合唱の練習の日だった。

合唱を指導するのは、幼児担当の志田先生だった。志田先生は若くて声がきれいだ。いつも優しく指導してくれるので、みんな合唱の時間は急いで講堂に集まる。志田先生はオルガンを弾きながらみんなを待っている。時折歌っている。みんな、オルガンを弾いている志田先生の周りに集まる。

練習時間の少し前になると志田先生は、オルガンを弾くのを止めて黒板に練習曲の歌詞を書いた大きな紙を張り付ける。男子は二部合唱になるようにテノールとバスに分かれる。

ヒロシが初めて合唱指導に参加した日、志田先生は笑いながら言った。

「そんなにガチガチにならなくても大丈夫ですよ。リラ〜ックスしないといい声は出ないですよ。名前は？　何年生ですか？」

「内藤広志、六年です」

「内藤君、六年ね。その声だとテノールだね」

ヒロシはまだ変声期を迎えていなかった。志田先生は、ヒロシがここに来て初めて会った優しい話し方をする先生だった。

それからというもの、ヒロシはテノールとして声を張り上げて歌った。歌うのは初めてだったけれども楽しかった。

今日の志田先生はクリーム色のセーターを着ていて、ポニーテールにしている。

「もうすぐクリスマスだから、今日は、〝きよしこの夜〟を歌いましょう」

そう言うとオルガンを弾きながら一度歌ってくれた。

「〝きよしこの夜〟は、みんな知っていると思います。一度、みんなで歌いましょう」

朗らかに笑いながら、オルガンを弾き出した。みんなで歌い終わった。

「では、今日は低音部をみんなで覚えようね」

志田先生は、ゆっくり一人一人の目を見ながら練習を始める。みんなにはそれがうれしい。いつもそうしてくれる。

しかし、今日の海人と一朗太は様子がおかしい。なんだか歌に集中してこない。

「君たちね、歌う時にはいい加減に歌わないことです。うまく音が合わないとカッコ悪いですよ。自分だって気持ちよくないでしょ。自分も感動して、聞いている人にも感動してもらいましょう」

志田先生は、諭すように言って、悲しそうな顔をした。それでも二人は、なんだか気が入っていない。志田先生は低音部を一フレーズ歌い、そのあとをみんながなぞるように歌う。志田先生は高音部も低音部も歌える。何度かやってみて、合わせてみる。その時できる歌のハーモニーがみんな好きで、みんなは一生懸命に歌う。

少しの間、〝きよしこの夜〟の低音部をみんなで練習した。

「では、合わせてみましょう。テノールは主旋律をいつものとおり歌ってね。では、バスは今練習したのをしっかり歌ってね」

志田先生はタクトを振ろうとして、講堂のドアのそばに人影を認めたが続けた。

なんとか二部合唱になった。

「なかなかいい感じですね」

みんなも自分の耳に届いた合唱に、笑みがこぼれた。

志田先生の目は見るともなく、人影をとらえていた。

「では、〝きよしこの夜〟はこれくらいにして、さあ、〝仕事の歌〟ですよ。この前の続きをやりましょう」

志田先生は、〝仕事の歌〟の歌詞カードをみんなに配った。海人と一朗太のところでは何も言わず二人の肩をトントンと優しく触れただけで渡した。

「では、この前の続きからいきます。テノールとバスに分かれて覚えましょう」

オルガンで音をひろってから志田先生は、右手を上げて、その手を止めた。

「露木部長、なにか」

露木部長が講堂に入って来たのだった。彼は志田先生には目もくれず、海人と一朗太に近づき、低いだみ声で言った。

「この練習が終わったら、海人と一朗太、真っすぐ事務室に来い、いいな」

「・・・はい」

露木部長は二人を睨みつけ、硬い革靴の音を響かせながら出て行った。

少しの間やり切れない苦しそうな顔の二人を見ていた志田先生は、キッと顔を上げ、遠い目をして、突然歌い出した。

悲しい歌　うれしい歌

たくさん聞いた　中で
忘れられぬ　ひとつの歌
それは　仕事の歌
忘れられぬ　ひとつの歌

いつの間にかみんなが一緒に歌い始めた。志田先生は、軽くほほ笑んで右手を高く上げた。ヒロシもずい分歌えるようになっていたので、低音部にひきずられないように声を張り上げて歌った。

「そうそ、腹の底から力強く、もう一度、最初からいきますよ～」

タクトは止まない。

「あ～あ～あ、腹の底から、もう一度、最初から～」

熱気のあるタクトに少年たちは、頑張った。しっかりとテノールもバスも声を出すと、きれいな二部合唱になった。激しく強く重なり合う少年たちの合唱は、そのまま彼らの心に残り、それぞれの生きるエネルギーとなっていく。

「では、今日の合唱指導はこれで終わります」

当番が声をかける。

「気を付け。ありがとうございました」

「ありがとうございました」

志田先生の周りには数人がまとわりついている。

海人と一朗太は、ぶらぶらと事務室の方に歩いていった。

ヒロシはそれを目で送った。

(四)

「兄ちゃん、遅いな」

ジョージが不審がっている。

「お風呂の時間まで、勉強しなさい」

「はい」

ジョージは富岡先輩に注意された。富岡先輩の言うことは絶対だった。ヒロシも勉強道具を開いた。

「あ、・・・・」

学校で渡された手紙が出てきた。

「富岡先輩、はい。学校から手紙です」

富岡先輩はチラッとヒロシの手にしている手紙を見てから、きつい調子で言った。

「あのな、こういうものはな、学校から帰ったらすぐに出さないとダメなんだよ」

「はい」

「事務室に露木部長がいるから出して来い」

〝露木部長に〟と言われただけで体が固まってきた。ヒロシがノロノロと動き出すと、珍しく富岡先輩の厳しい檄が飛んだ。

「ヒロシ、サッサと行って来い」

「はい」

それでも、ヒロシはゆっくりそっとそっと階段を下りて事務室に近づいた。体がぎこちなくなってしまって、うまく動かないのだった。

事務室の中から怒声と鈍い音が聞こえた。

「バカ野郎。え、海人か一朗太か」

声と同時に鈍い音がする。明らかにぶたれている音だった。

「・・・違います。オレらではありません」

「だから、なあ、海人。じゃあどうしてなんだと聞いているんだ」

「わかりません。けど・・・」

そのあとは泣き声になっている。再び鈍い音が響いた。あの海人が泣いている。

ヒロシはおびえた。

「オイ、一朗太、なんでなんだって聞いてるんだ。なんでお前のカバンに他人の物が入ってたんだってんだ」

「・・・」

「オイ、一朗太、なに黙ってんだ。オイ、一朗太、どうなんだって聞いてるんだ」

「・・・オレは、オレは何も盗ってません」

〝バシッ〟という音と共に、〝ウッ〟と声がした。

「一朗太、テメエ、立て」

ヒロシは事務室に入るのをためらった。立ち止まって、事務室から見えないように暗がりの中に身を隠した。講堂から静かにオルガンの〝仕事の歌〟が流れ、女子の歌声がか細く流れていた。冬の外の気温は急激に下がっていて、通路にいても身を切るように冷たい。

「どうした?」

その声にヒロシはとび上がるほど驚いた。振り向くと、経理の高橋さんだった。

「あの、これ、学校から・・・」

「・・・ん、いいよ。私が預かって渡しておくよ。あれ君かな、ヒロシ君って」

「はい、オレです」

高橋さんはニッコリしてから、事務室の中に目をやって仕方がないなあという風に両方の眉毛を大きく動かした。

高橋さんはこの施設の経理担当の事務員だが、夜勤もする。だからみんな高橋さんをよく知っている。今日の当直は高橋さんのようだった。高橋さんからは〝正しい人〟の匂いがして、ヒロシを安心させた。

「さっ、行きな」

ヒロシは頭を下げた。ほっとすると頬がゆるんできた。恐怖から解放された喜びをかみしめるように一段一段軽く階段を上った。

部屋に戻ると黙って勉強を始めようとした。この一時間は勉強時間なのだが、なぜか、みんなは時計をしきりに気にしている。ジョージはうつむき加減のまま時計を見たり、ヒロシを見たり、チラッと富岡先輩にも目をやった。一朗太を気にしているのだとわかったが、事務室で行われている事は言えなかった。言わなくてもジョージ以外のみんなはきっと知っているとヒロシは感じた。

誰もがじっと時が過ぎるのを待っているのだ。そして、一朗太の痛みをこの部屋にいて共有しているのだった。


高橋さんが経理室で仕事を始めようとすると、露木部長が出て行った。職員の帰宅時間はとっくに過ぎていた。

少し間をおいて高橋さんが事務室の戸を開けると、そこには海人と一朗太が顔をゆがめて歯を食いしばって立っていた。両手で痛そうに太ももや尻をさすっていた。ヤキが入ったとすぐにわかった。

「海人、どれ、見せてみな。かわいそうにな」

「・・・いいんだ。・・・いいんです」

「一朗太、どれ」

「・・・」

一朗太は深い悲しい目で高橋さんを見た。

「・・・オレじゃない」つぶやいた。

「・・・」

高橋さんには返す言葉がなかった。見ると露木部長の机の上に竹刀が放り投げられてあった。

「・・・ご飯、メシ、食ったんか」

海人が首を横に振った。

「飯も食わせずに、なあ」

その時、露木部長がガラッと音を立てて戻ってきた。さすがの高橋さんも驚いた様子だ。

「ちゃんと立ってろって、言っただろうが」

二人は、体が痛んで顔をゆがめながらも気を付けの姿勢を取った。

「バカ野郎が。いいか、人の物は盗っちゃダメなんだ、わかったな。行っていい」

「・・・」

「オイ、聞こえねえんか」

「・・・はい」

「飯、食うんだぞ」

「・・・はい」

二人は、そろりそろりと痛そうに出て行った。

児童養護施設では食事を与えなければならないことになっている。

露木部長は二人が見えなくなるまでしつこく睨みつけていた。

「けっ」

高橋さんは露木部長と目を合わせずに聞いた。

「部長、一体どうしたんです」

「アイツら、学校で友達の物を盗んだんだ。全く反省しないどころか、盗ってねえって意地張りやがる。学校の教頭から呼び出し食って。全くな」

その時、合唱指導を終えた女子が、何やら楽し気に話しながらゾロゾロと廊下を通り過ぎて行った。

志田先生が戻ってきた。二人に目もくれず合唱指導に使ったものを戸棚に片付けると、自分の席に着いて日誌を書き始めた。

露木部長は机の上の竹刀を自分の椅子の後ろに立てかけた。

「アイツらには反省ってものがねえんだよ」

独り言のように言った。

「・・・」

高橋さんは返答に困って、経理室に戻ろうとして手に持っているヒロシから渡された学校からの手紙に気づいた。

「あ、これですが、あのヒロシって子から預かりました。ん、学校行事のようですね」

露木部長は、チラッと手紙に目を通すと、深く鼻で息を吐くと、出て行った。

しかし、その足で〝しらかば〟に駆け上がっていったのだった。

露木部長は六十歳近くでも健脚だ。


露木部長が〝しらかば〟のドアを乱暴に開けると、室内には緊張が走った。

「ヒロシ」

「はい」

ヒロシはびっくりして、立ち上がった。

「オマエな、学校からの手紙はだな、学校から帰ったら、一番に部屋の節さんに渡せ」

「はい」

「なんで、高橋さんに渡してんだ。ばかやろう。節さん、いなかったのか、ヒロシ」

「はい。いたと思うけど、渡すのを忘れました」

バシッとヒロシの尻に蹴りが入った。初めての革靴蹴りにヒロシは悲鳴を上げた。

「バカ野郎、気をつけろ」

もう一度、蹴りが入った。ヒロシは恐ろしさに震え上がった。

「返事をしろ」

「はい」

ニヤリと不敵な笑みを浮かべた露木部長は、獰猛な目でジロリとみんなを睨みつけてから出て行った。みんなでその足音を聞いていた。足音は外へ出て行った。廊下から中庭を通って帰る露木部長を音で確認できる。足音を追って、反対側の窓からも家路に向かう音が確認できた。みんなの耳は、革靴の音だけがこの世の音だった。

音が消えると、ようやく、みんな安堵《あんど》した。

志田先生は一日の日誌を書き終えて食堂に向かった。木曜日はいつもだいたい最後になる。

食堂に入ると、海人と一朗太が夕食のトレーを前にぼそぼそ話したり唸ったりしていて、ほとんど食事に手を付けていなかった。

志田先生は、残されている夕食のトレーに自分の湯飲み茶碗があるのを確認して、お茶を注いで持っていった。トレーを二人の前向かいの席に置いた。

「さ、一緒に食べようか」

言いながらも志田先生は心を痛めていた。二人はひどく身も心も痛んでいることが見て取れたのだった。志田先生は二人の背後に回った。かけようにも言葉が出てこなかった。二人の肩をなでるように優しくさすって、もう一度優しく言った。

「さ、食べようか」

「センセ、・・・。痛いべ」

海人はかすかに言った。その声に反応するように一朗太は、嗚咽の声を漏らした。

「あ、そっか、痛いんだね・・・。そうだよね、ごめんね」

二人はそれ以上口を開こうとはしなかった。

「・・・わかった。よし、ご飯、食べてしまおうか。食べないとお腹すくし、負けちゃうよ。ね、ご飯をたくさん食べよう。お腹が破裂するほど食べよう。そして、ぐっすり寝よう」

志田先生が、箸を取った。

「ほら、食べよう。私も食べるわよ。さあ、食べるの、食べなきゃダメ。いただきます」

志田先生が大口で食べ始めると、やがて二人も食べ始めた。無言で食べ続けた。塩漬けの焼き魚はしょっぱいだけだが、ガツガツとしっかりかみしめながら食べた。三人は競争するかのように食べた。顔は殴られていないのでご飯を食べられた。子供たちの顔が殴られることはめったにない。

食べ終える頃には二人とも少し落ち着きを取り戻していた。

「ごちそうさま」

二人は立ち上がって、痛いのか体をよじらせながらトレーを持って洗い場に回った。

「ああ、私洗っといてあげるから、いいよ。そこに置いといて」

そう言うと志田先生も食べ終わって洗い場へ入って来た。

「じゃあさ、テーブルだけ拭いといて。ほら」

志田先生は、布巾を絞ってテーブルの上に投げた。

二人は三人分のテーブルをノロノロと拭いてから、布巾を持って洗い場に入って来た。

「ありがと。あとは私が洗っておくからいいよ。部屋に戻って。オベンキョウでしょ」

二人は、志田先生の前に立った。

「今日、オレたち、なんだかわかんないけど」

「・・・」

海人が唐突に話し始めた。

「学校で今日、一朗太のクラスでボールペンをなくしたヤツがいたんだ。学校の先生が持ち物検査するって言いだして。なんかわかんないけど、どうしてもわかんないけど。けど・・・一朗太のカバンに入っていたんだ」

「オレじゃない、絶対してない」

「それはそうだ。一朗太はそんなことはしない。クラスの誰かがわざとやったんだ」

「二人は同じクラスなの？」

「いや、オレは二年だから一朗太よりイッコ上。隣のクラスでなんか大騒ぎになっていたので、覗いてみたら一朗太がみんなに取り囲まれていて、嫌なこといっぱい言われてたんだ」

「嫌なことって、何を」

「オレたちに、施設モンは信用なんないとか。女子にも男子にもなんか、わあわあひどいこといっぱい言われて」

「君たち、施設モンって言われてんの」

「施設モンって言われることは、もう慣れてるけど、盗ってないものを盗ったって言われるのは絶対いやだ」

一朗太は力を込めて続けた。

「学校では、何かなくなると疑われるのは、オレたちだ」

「盗ってないって、言ったんでしょ」

志田先生も少し興奮気味に言った。

海人が激しく悔しそうに言った。

「学校もアイツもオレたちの言うことなんかまともにきいてくれない。いつも外のヤツらの味方ばっかりなんだ。きっと誰かがカバンに入れたんだ」

「よくあることなの」

それから一朗太は、言いづらそうに言った。

「よくっていうか、たまにある。そしたら、学校の先生たちはすぐにアイツに電話するんだ。アイツはすぐ来て、オレらにすぐ謝れって言うんだ、必ずだ。オレたちじゃないって言っても、謝れって」

「で、どうするの」

「ただのケンカなら謝ってやってもいい。だけど今日みたいのは・・・盗っていないものを盗ったってのは、我慢なんねえんだ」

一朗太は悔しそうに涙を浮かべた。

「で、どうしたの、謝ったの」

一朗太は志田先生の問いには答えず唇をかみしめていた。

二人の頬を涙が流れた。

ややあって、海人が静かに吐き出すように言った。

「・・・謝ったら盗ったことになるべ、謝んないでいたら、担任に〝よく言って聞かせますんで〟って・・・、アイツ。・・・なあ、イチ、わかってたんだよな。よく言って聞かせるって、毎度のこと、ヤキ入れられるってこと。なあ、わかってても・・・盗ってもいないものは盗っていないんだ」

一朗太は悔しそうに奥歯をかみしめ顔をゆがめた。

「でも、オレのために海人は殴られてな、ごめんな。ヤキ入ってな、ホントごめんな。オレら、なんもしてないのに」

こんなナリの大きな中学生二人が流す涙を、志田先生自身も胸がいっぱいになりながら受け止めることしかできなかった。

二人の涙は真実を訴える涙だった。

「よく、我慢したね。えらいよ。そうだよね、してもいない盗みをしたとは言えないよね。二人とも、えらい」

二人は少しずつ落ち着いてきて、心と同時に顔が変わってきた。

ここの子供たちは、自分たちの側に立って理解してくれる人にしか心を開かないし話もしない。志田先生は、そんな少ない理解者の一人だった。ただ、聞くことしかできない自分に志田先生はジレンマを抱いていた。

実は志田自身がここで彼ら収容児から洗礼を受けていた。

二年前の就職してきたばかりの頃、事務室で日誌を書いていた時の事だった。時間は職員の帰宅時間を過ぎていた。当直の節さんが入浴指導に回っていたので、事務室は志田一人だった。

「センセ、志田ちゃん、お茶飲む？」

当時、年長者だった寺田ら二人が声をかけながら、事務室に入って来た。

〝ん・・・？〟

と思うと同時に、二人は志田の肩の上からコップに入った水をダラダラ流し込んできた。ニヤニヤしながらコップの水を空っぽになるまでゆっくり流した。

志田は思いがけない彼らの仕打ちに驚いた。しかし、二人を見つめて、キッチリ言ったのだった。

「こんなことして、楽しいの？　うれしいの？」

ジッと二人を睨んだ。

「行くべ」

二人は出て行った。そのことを志田は誰にも言わなかったし報告書にも書かなかった。彼らの心の暗い闇を辛く受け止めただけだった。

しかし、その後、異変が起きた。

廊下で二人に出会うとなぜか人なつっこい表情をする。丁度始まった合唱指導の時などは、遅刻してきた生徒や態度が悪い生徒に対して寺田たちが注意して真面目に取り組ませたし、彼ら自身もしっかり取り組んできた。

当時、寺田たちは施設内で最強の立場を誇っていた。

そんな彼らであっても、信頼できる大人を欲していたのだった。

（五）

眠っているはずのヒロシの耳にかすかな声が聞こえた。

「オイ、イチ、・・・」

「・・・ん、な、なんだよ」

「な、・・・イチ、逃げるべ」

「ウッ、・・・な、なに、逃げる？」

「シッ・・・」

声はますます小さくなった。一朗太のところに誰かが忍び込んできているようだった。夜間に起きて他の部屋に行くことは禁じられている。しかし、午前一時の見回りの後は、四時まで誰も回ってこない。

ヒロシにはその声の主は海人だとすぐにわかった。海人は、太もも辺りをさすりながらすぐに出て行った。

次の朝、一朗太の背中や尻には赤紫にヤキを入れられた痕があった。みんなは見るともなく見ていた。誰もどうすることもできない。次は我が身だと身をこわばらせるばかりだった。

ジョージは悲しそうに兄のそばにくっついていた。

「はい、兄ちゃん」

痛がる一朗太の横で、服を着る手伝いをした。兄は痛いとは言わず歯を食いしばって、弟のサポートを受けていた。

ヒロシは真夜中の〝ささやき〟を聞いていたので、それとなく一朗太の表情を時々盗み見たが、一朗太は無表情を変えることはなかった。

食堂の前でヒロシは高橋さんに会った。高橋さんは何も言わなかった。ヒロシはどうしていいかわからず、〝おはようございます〟とだけ言って頭を下げた。

今朝は、宿直だった高橋さんが食事指導に当たっていたので、子供たちの間に比較的なごやかな雰囲気が漂っていた。女子などは明るい笑い声を立てている。

海人は無言のまま箸を動かしている。視線はない。彼の視線は彼の心の中を駆け巡って落ち着き場所を探していたのかもしれない。誰とも会話をせず、何かの決意を感じさせる目だった。その破裂しそうな目つきに誰もが何かを感じ取った。共に寝起きしている者同士だからこそ、強く感じ取れたのかもしれない。

一朗太の周りも、シンとして食事をしていた。

富岡先輩は高校生なので、いつも先に朝食を済ませて、先に高校へ行ってしまう。

玄関先に中学生が集まり、高橋さんの〝いってらっしゃい〟で三々五々学校へ行った。それを見ていたヒロシは、自分もあと少しで中学生になり、その仲間に入るのだと思うと、身が引き締まった。

その後も、時々海人と一朗太が何やら話しているのが見られるようになった。さらに、夜間、高橋さんの夜勤の時に限って、海人は一朗太のところで密談を交わすようになった。それは〝しらかば〟部屋の共通秘密事項になっていた。内容を知ってか知らないでか、時折、富岡先輩が抑えた声で叱責した。

「うるさい」

海人は静かに出ていく。

クリスマスになり、食事のとき一人一人に小さなケーキが出された。お正月がきて、お雑煮や栗きんとん、きんぴらごぼう、紅白のかまぼこも出た。みんなでワイワイ言いながら食べた。ヒロシはただそれだけでとてもうれしかった。

〝志門や奈津はお雑煮を食べているだろうか〟

ふと思わずにはいられなかった。

ばあちゃんはやさしいけれど、お金がなくて生活はとても貧しい。

冬のある日、吹雪の中、家に帰ると志門も奈津も炬燵《こたつ》にうずくまっていた。

「石油が買えないから、我慢してな」

ばあちゃんは布団袋を背負っているような厚い綿の入ったチャンチャンコを着ていた。ばあちゃんは、時々はキャラメルを買ってきてくれた。ヒロシは、志門や奈津と一緒になってキャラメルを頬張って、無邪気にトランプなどをして笑っていた。


今のヒロシはここにいて、志門や奈津にどうしてやることもできない。ばあちゃんにさえ会えないでいる。

雪が降るのを窓から見ているだけだ。雪はふわふわと踊るように舞いながら、次から次へと仕切りなしに降ってくる。いつまでも舞い続ける雪を窓から見ているだけだ。

一月の下旬からは、激しい吹雪の日が続いた。空気は凍っていて頬を刺すように冷たい。しかし、施設の中全体にゆるやかな暖房が入っているので、子供たちは冬の厳しさから逃れられた。

大雪や吹雪の翌朝は早朝から放送が入る。

「中学生男子、男子。除雪作業です。急いで集合」

中学生の男子は、施設の玄関から中庭を通って除雪車が通る道路まで除雪作業をしなければならない。みんな、軍手をはき、耳当てをして首にはマフラーを巻いてぞくぞくと集合し、さっさとスコップを手に取ると雪かきに入る。

「オオ、しばれるな〜」※1

「超、しばれてるな、今朝は」

などと言いながらも三十人くらいの男子がやると、あっという間に雪かきが終わる。

雪かきが終わって、朝食を食べて学校に行こうと集まると、再び雪が積もっている時もある。

「ウヘ、しゃっこいな」※2

口々に言いながらも、北海道の子供たちはみんなたくましく、雪をものともせずに学校へ行く。

冬の間は、雪が降ると、決まって翌朝には男子に雪かきの放送が流れた。一月が過ぎ、二月にはさらに雪は降り積もった。ゴム長靴で学校に行き、帰ってくると長靴の中まで雪が入っている。そんな時は、長靴を暖房のそばで乾かすことになる。翌朝、暖房のぬくもりが残っている長靴は、気持ちがいい。

三月に入ると陽射しが暖かくなってくる。三月の陽射しは雪の表面を暖めて湿っぽくする。夜は気温が下がるので、湿った雪の上層部は凍って固くなる。この上層部だけが凍ってその下はサラサラの雪の状態を、子供たちは〝カタ雪〟と呼んで、カタ雪の上を歩いて楽しむ。時々ズボッと深く雪の中に足を突っ込んでしまうことがある。それを見て互いに笑いあう。

三月も終わりに近づくと、辺りの雪は消え、道路の両側に薄汚れた雪だけが残っていて、日々溶かされて減っていく。

ヒロシは、小学校の卒業式も終わって、四月からは中学生になるので、施設にあるお古の学生服をもらった。卒業式には露木部長とキタノ先生が来ていた。ばあちゃんの姿はなかった。

今年は、富岡先輩のように施設から高校へ通う生徒はいなかったので、施設内の高校生はやはり富岡先輩一人だった。施設の中学三年生は卒業式が終わると、みんないなくなった。十五歳だけれどもみんな働きに出るのだった。

彼らは、自分の私物のほとんどを部屋の下級生や仲良しの仲間に分けていく。

ヒロシも〝しらかば〟の卒業生に文房具類をもらった。

北国の冬は長い。厳しい寒さの間も、毎週の木曜日には合唱指導があり、日曜日には剣道の練習があった。

春の陽射しは暖かいのに、朝からヒロシはなんとなく気が重かった。朝食の後は男子の剣道の練習が待っているからだった。ヒロシはここへ来てから六年生で剣道を始めたばかりなので、小学三・四年生と一緒に練習しなければならない。それでも負ける。だいたいにして棒を持って戦うなんてヒロシにはなじめなかった。

朝、食事のトレーをなんとなく運んで、自分の席に置こうとした時、ド～ンと誰かがヒロシの背中にぶつかった。

「ああ～っ」

ヒロシの朝食がトレーごとテーブルの上にまき散らされた。みそ汁がダラダラと床にまで流れていく。

「オイ」

その時、一朗太の声がした。一朗太は、〝カラマツ〟部屋の中学生ヒヨドリを呼び止めた。

「オマエ、ぶつかったんだからな、謝れよ」

「オ、オレでないべ。オ、オレでないぞ」

「ヒヨドリ、オレ見てたぞ。こいつにさ、謝ってな、布巾借りてきて、かたづけろよ」

ヒロシは自分で炊事場に急いだ。

「あの～、誰かがオレにぶつかって、ご飯、全部こぼれちゃったんです。どうすればいいですか」

炊事場の一人の年とったおばちゃんは、布巾を二枚固く絞って投げてよこした。

「早く、拭いときな」

「はい」

おばちゃんも布巾を持って、ヒロシについてきた。

「誰だね、ぶつかったのは」

おばちゃんはそう言いながらも手際よくご飯などをトレーに集めた。もう一枚の布巾でテーブルをきれいに拭いてくれた。

その時、コツコツとキタノ先生の竹刀が床を突く音がした。

おばちゃんは、素早く片付けながら、チラッと目を動かして小声で言った。

「ホラ、あそこの雑巾で床を拭いたら、炊事場においで。ご飯、あげるから」

「はい。おばちゃん、ありがとう」

ヒロシはおばちゃんに言われたとおりにした。

「オレ。や、やっぱ、ぶ、ぶつかったか、な。なら、ご、ごめんな」

ヒヨドリは慌てると吃音がひどくなる。ヒヨドリはかなりの弱視の上に、小児麻痺をも患っていて歩行に障害を持っていたのだった。

ヒヨドリは不安定な歩き方で自分のテーブルに戻ってトレーを置いた。その後ろ姿を一朗太は無言で見送った。

「何してんだ」

キタノ先生が近づいてきた。

「あ、キタノ先生、おはようございます」

「オイ、一朗太、何だよ。なんか騒がしいんでないか」

ヒロシはそのわきをすり抜けるように、テーブルに新しいトレーを置いた。

「なんだ、ヒロシ遅いぞ」

「はい、すみません」

それでもキタノ先生は一朗太のそばに立っていた。

「よし、当番」

「はい、いただきます」

「いただきます」

みんなの唱和と共に、にぎやかに食器の音が始まった。

「一朗太、食事が終わったらちょっと事務室に来い」

「はい。でも先生、ぶつかったのはオレじゃあないです」

「何を言ってんだ。用事があるから来いと言ってんだ」

「あ、はい。わかりました」

どうやら、キタノ先生は食事をこぼしたことには気づいていないようだった。

ジョージは不安そうに兄を見つめた。

「大丈夫だ。ほら、いっぱいメシ食え」

兄は小声で言った。


事務室に行くとキタノ先生はもう剣道着に着替えていた。相変わらず、竹刀を持って立っている。キタノ先生はいつでも化粧をしている。

「一朗太、オマエも先に着替えて来い。着替えたらここで待ってろ」

キタノ先生は男っぽく言うと、講堂の方へ出て行った。事務室の外でそれを見ていたヒロシは一朗太が自分のせいで叱られないか心配していたので内心、ほっとした。

「ヒロシ、急げ！」

一朗太とヒロシは走って〝しらかば〟に戻って、剣道着に着替えた。二人が急いで階段を下りようとすると、ヒヨドリがゆっくり階段を下りていた。

「ヒヨドリ、先行くぞ」

一朗太は何事もなかったように明るく声をかけた。

「は、はい」

ヒロシが追い越しざまにチラッとヒヨドリを見ると、ヒヨドリは目も悪いけれど手も足も少し悪そうだ。そのせいか、彼の剣道着の着方がきちっとしていない。

「先、行ってて」

そう一朗太に言うと、ヒロシは階段の下でヒヨドリを待った。ヒロシを見つけたヒヨドリは、朝食の件で文句を言われるとでも思ったか、無視して通り抜けようとした。

「ヒヨドリ先輩、あの〜」

ヒロシの言葉にヒヨドリは、立ち止まって怪訝な顔をした。ヒヨドリは中学二年生だが小学生にも〝ヒヨドリ〟と呼ばれていて、〝センパイ〟と呼ばれることなんてなかった。

富岡先輩をはじめ海人もみんなヒヨドリを大切な仲間として何かと助けていた。体が弱いヒヨドリを体罰から守ろうという仲間意識が強く働いているからだった。ヒヨドリは真面目に勉強をするので、勉強はよくできた。

「センパイ、ちょっといいですか」

「な、なんだよ」

「あのう、ちょっと」

ヒロシが近づくと身構えた。

「あのう、これなんですが、ちょっと直してもいいですか」

「う、・・・な、なに」

ヒロシは剣道着の帯の下から上着を引っ張って上着のたるみを直した。

「センパイ、これでどうですか」

ヒヨドリはジッとヒロシの顔を見て言った。

「・・・遅れると、お、おまえ、怒られるぞ。は、早く行け」

「はい」

ヒロシは急いだ。事務室の前でキタノ先生に会った。

「早く行け。素振り百回から始めろ」

相変わらず男らしい。事務室の中にいる一朗太と目が合った。なんとなくそういう仲間意識ができてきて、ヒロシは自分が支えられているのを感じるようになってきていた。

※1「しばれる」は北海道の方言で「寒さが厳しい」の意。
※2「しゃっこい」は北海道の方言で「冷たい」の意。

（六）

素振り百回。

「・・・七十八、七十九・・・」

それが終わるとみんな防具を身に着ける。

面の隙間から、一朗太がキタノ先生との話を終えて戻ってきたのが見える。一朗太はうかない顔をしている。

〝メ〜ン〟、〝ドオ〟元気な声が飛び交う。キタノ先生はいつになくご機嫌に見える。だから、みんなも楽しく練習できる。めったにないことだった。

一朗太はずっと沈鬱な表情でやる気のない様子で素振りを始めた。なんとなくヒロシは気になった。ジョージは低学年同士の打ち合いで楽し気だ。そんなことに気を取られていたからか、ヒロシは相手が思いっきり打ち込んでくるので打たれっぱなしだった。最後にキタノ先生が一人一人に稽古をつけてくれる。ヒロシはキタノ先生に竹刀でひどく右脛《みぎすね》を打たれたので、最後のお辞儀もできないほど苦痛でうめいた。

「ちゃんと、集中しろ」

そう言うとキタノ先生は悠然と引き上げていった。それをヒロシはジッと見ていた。ふと気づくと一朗太も下を向いているようで、斜めに睨んでいることに気づいた。ヒロシは痛さにしばらく悶絶していたが、やがてゆっくり起き上がった。同じ部屋の仲間が防具を外すのを手伝ってくれ、支えられながら〝しらかば〟に戻った。

部屋に戻ると、節さんと志田先生が針箱を間に置いて、何やら話をしながら繕い物をしていた。

「お帰り」

二人一緒に声をかけた。みんなは着替えるためにそれぞれのベッドに上がった。痛そうにしているヒロシを見て、節さんは着替えるのを手伝ってくれた。

「ホレ、こっち。痛いか」

節さんは痛がっている右足を丁寧にみてくれた。

「志田さん、救急箱から湿布持ってきてくれないかな」

「はい」

志田先生は飛び出していくと、すぐに湿布と包帯を持って戻ってきた。

足に湿布と包帯をしてもらったが、ヒロシは痛さと悔しさで涙が出てきた。

「ヒロシ、泣くな。ここでは泣くな、な」

節さんの言い方はぶっきらぼうだが、今のヒロシには温かく感じた。激しくズキズキする。


着替えが終わると、昼まで自由時間だ。

志田先生は節さんの繕い物をする様子をながめていたが、思い切ったように口を開いた。

「節さん、さっき、ピアノを教えてほしいと言ってたけど、ピアノ、以前やってたんですか」

「いや、いいんだ」

「少しなら、オルガンでいいなら一緒に弾きませんか」

「・・・」

しばらく何も言わずに足をさすっていたが、節さんはぼそぼそ話した。

「・・・寒い時期はな、この足がズキズキするんだよ」

志田先生は思わず、節さんのそばに行って足をさすった。一瞬、節さんは驚いて身構えた。

「ありがとな」

それから力を抜いた。二人は親子ほどの年齢差だったが、志田先生を受け入れた節さんは、気持ちよさそうな顔をした。

「あ、ありがとな。いいんだ。いいんだよ志田さん。こいつはもうポンコツだからしょうがないべ」

「そんなことないです。子供たちのために節さんは大切な人じゃありませんか」

その言葉を聞いて節さんは、胸にジンときたようだった。そして、言葉を選んで話し始めた。

「・・・、あのな、大きな大きな地震がきてな、大きな見たこともない大きな津波がきてな、何もかも、なんもかもを流して持ってってしまったんだ。そん時な、流されてな、この足がはさまってしまってな」

「え、じゃあ、節さんも流されたの」

志田先生は驚きの声を上げた。

「んだよ。なんもかもが壊されて、流されて。足がなんかにはさまってな、だけどまだこの足で歩けるから、ずっといい方なんだよ」

節さんは言いながらずっと自分の足をさすっていた。

ヒロシも節さんの方を見た。

「なんてことはないんだ。命は、残ったしな」

「節さん、痛いの？」

そばにいたジョージは、可愛い手で節さんの足をさすりながら聞いた。

「大丈夫だよ、ジョージ。このくらいのこと何でもないさ。死んだ人もいるんだからね」

「死んだ人もいるの」

節さんは、ジョージにというより〝しらかば〟のみんなに話し始めた。

「あれは恐ろしいもんだったよ。家も建物も、・・・人も。み～んな流されたんだ」

「節さんの家も人も、・・・節さんの家も流されたの？」

ジョージには想像ができない。

「そりゃあ、そうださ。流されてな、なあ～んもなくなってな、いっぱいの人、大勢の人も死んじまったさ。ありゃあ、ホント、ひどかった」

いつの間にか、みんな節さんの周りに集まってきていた。いつもどおり、富岡先輩はいない。富岡先輩は高校の図書館に勉強しに行くのだ。普段はつっけんどんな話し方をする節さんだけど、この部屋の大切な人なのだ。

「ひどかったよ。人も家も目の前で流されていくんだ。ドドドッてな」

「人って、節さんのご家族もですか」

「ああ、み～んなさ」

「ええっ、節さん」

志田先生は思わず、節さんの手を両手で握りしめた。節さんは、右手で志田先生の頭をポンポンとした。

「お前さんは、いい子だね」

「節さん、・・・。じゃあ、節さんの家族は」

「そうさ、誰も生き残らなかったさ。だからな、娘が好きだったピアノでも弾いてみたくなったのさ。志田さんのオルガン弾いているのを見ててな」

志田先生の目にも、節さんの目にも涙が湛えられていた。

みんなジッと節さんを見ていた。節さんは日々苦しみと闘っていることを知った。

「節さん、今度から一緒にオルガンを弾きませんか。少しずつ覚えましょうよ」

「ありがとな。・・・だけどな・・・ここじゃ余計な事しない方がいいし、なっ」

「節さん、節さんが一緒に弾いてくれたらみんなもきっと喜びますよ。ねえ、みんな。そうでしょ」

みんなは、身動きせずに真っすぐな目で賛同の意を表した。

一朗太だけは重い表情のまま、さっさと自分のベッドに上がって寝ころんでいた。節さんは足をさすりながら締めくくった。

「こんな足のもんでも働かしてもらって、ここにはこういう子供たちがいるから、私はここにいるのがありがたいさ。子供たちの助けにもなれればって、思っているよ」

深くため息をついた。

「自分が、生きていくためにここの子供たちが必要でね、メンコイさ」

一朗太はヒロシの昼食のトレーをベッドまで運んでくれたのに、キタノ先生との話をヒロシに何も話さなかった。一朗太はもともと口数が少なくて無表情なのだ。ヒロシはベッドに横たわったままで、ほとんど食べられなかった。右足が激しくズキズキしていて、少し熱っぽかった。

人が流されて死んでしまうってどういうことだろう、想像もつかない事だった。節さんはそんな恐ろしい事と闘っているんだ。部屋を出ていく後ろ姿を、ヒロシは今、親しみを込めて見つめた。

コンコンと軽くノックの音がして、ヒロシは目が覚めた。見ると一朗太とジョージだけが部屋に残っていた。

「こちらです。どうぞお入りください」

キタノ先生が見知らぬ人を招き入れた。上等な洋服を着た男女は目いっぱいの優しさと笑顔と共に入って来た。豪華な香りがした。

「おじゃましま～す」

「ほら、挨拶」

ヒロシとジョージが〝こんにちは〟と挨拶をした。一朗太は自分のベッドに寝ころんだまま身動き一つしないで目を閉じていた。

「ジョージ君、こっちに来て挨拶しなさい」

ジョージは戸惑って、キタノ先生を見ながら、ペコンと頭を下げると、女性は柔らかい声で笑った。男性も笑っている。

「まあ、お名前は何っておっしゃるのかな？」

「タケダジョージです」

「あら、ジョージさん？　どんな字を書くのかしら」

「書いてお見せしなさい。ジョージ君」

キタノ先生がジョージ君と呼んでいる。

〝武田譲二〟とジョージはノートを出して漢字で書いて見せた。

「まあ、たしかにジョージ君ね」

二人は顔を見合わせて笑った。ヒロシもそれを盗み見て、〝そうなんだ〟、児相の武田先生と同じ武田なんだと思った。

「私は、浅野と言うのよ。宜しくね。そうだ、おみやげあるのよ」

女性は、カバンから包みを出してから、キタノ先生を見た。

「これ、差し上げても？」

小首をかしげた。キタノ先生は笑いながら〝どうぞ〟と手で仕草をした。

女性はジョージにそれを渡すと立ち上がった。

「お邪魔したわね。また来るわね」

二人は豊かな香りを残して去って行った。ジョージはいただいたおみやげを持ったまま立っていた。一朗太はずっと目を閉じている。

「兄ちゃん、これ」

「・・・好きにしな」

ジョージはおみやげを兄に見せようとしたが、兄の言葉にどうしていいかわからず、おみやげを机の上に置いた。

「ヒロシ、足、まだ痛いの」

この頃、ジョージはチロチと言わず、ヒロシと言うようになっていた。

「うん、なんか、ひどく痛いよ」

しばらくすると、キタノ先生が戻ってきた。

「これは、事務室で預かるからな」

おみやげを持っていこうとした時、一朗太が言った。

「キタノ先生、それ、ジョージがもらったんじゃないの」

「・・・だからな、預かるって言ったのが聞こえなかったか」

「・・・」

ヒロシの心臓は止まりそうだった。ジョージもかたまっている。キタノ先生は、
一朗太を無視して出て行った。

「兄ちゃん。おっかないよ、あんなこと言ったら」

「いいさ、また、殴られる、か」

一朗太は、完全に戦いの笑いをした。

（七）

二人っきりになった時、ヒロシは一朗太に聞いた。

「イチ、なんか変だぞ。なんかあったんか」

「・・・」

「なあ、あんなことキタノ先生に言って、どうしたんだ」

「どうせ、オレらの気持ちなんて、ヤツらは知ったこっちゃないんだ」

「なんのことだ」

「・・・ジョージには、まだ言えないんだけどな・・・、さっき来たヤツら、なんとかいうヤツら・・・」

「ん、たしか、浅野とか、言ってたかな。で、アイツらが？」

ヒロシは、一朗太たちともういっぱしの口を利くようになっていたし、強い仲間意識を持つようになっていた。また、一朗太もヒロシに対して信頼関係を疑わなかった。

「・・・なあ、ヒロシ、どう思う」

「ん、何が？」

「ジョージのことだけどな、オレはジョージとここにいるしかない、今はな。だけど今年と来年で中学を卒業するだろ。すると、二年後にはオレはここを出ていかなきゃなんねえんだ。ジョージを残してな」

「じゃあ、イチはさ、ここから高校に行かないってことか」

「早く、ここを出たいしな、ここを出たいから働きに出るんだ」

一朗太は吐き出すように言った。

「イチの家は、家からは？」

一朗太は首を振った。

「無理、無理。ここにいるヤツら、みんな家から高校なんて無理なんだ、行かしてなんかもらえないんだ」

「ええっ、じゃあみんな、卒業した先輩たちは働きにいっちゃってるの」

「家に帰ったヤツも、結局は高校なんか行かしてもらえないさ、働かされるのさ」

「そうなんだ、働きに出るんだ」

「それでも、それでもだぞ、高校行けなくてもな、オレはここを出たいんだ」

「イチ・・・」

「ところがな、オレたち中卒の給料はやたら安いってさ」

そこまで言うと一朗太は、右の握りこぶしで、左の平手を激しく何度も打った。

バシッバシッと強い音が一朗太のいらだちと悔しさを表していた。

「だからな、中学を卒業したって、すぐにはジョージを引き取ってオレが養えるか。仮にできてもジョージにどんな生活をさせてやれるのか、だってさ」

「だってさって、キタノ先生が言ったのか。イチは今年、二年だろ」

「キタノは、アイツはな、ジョージを今日来たヤツらに育ててもらえってんだ」

「ええっ、あの浅野とかいうヤツらにか」

ヒロシも平気でそんな言葉を口にした。

「もらいっ子にやるんだとさ」

「バカいえ。イチがいるのに、なんで、なんでなんだよ、ジョージ一人をって、それなんなんだよ。そんなの、ダメだよ」

「オレは、行かないし、何せこんな大きいヤツをほしがらないとさ。だいたい、オレは他人には馴れないいんだ」

「ほしがるったって、犬や猫と違うぞ。それにイチたちは兄弟だぞ」

ヒロシは、いつも志門や奈津のことを重い塊のように背中に背負っていたので、こらえていた苦しみがグリグリと噴き出した。

一朗太は声を低めて言った。

「オレはアイツ、キタノにクソ腹が立ってな。けどな、オレは、今はジョージになんにもしてやれないし」

「ダメだ、そんなのダメだ。それでも一緒にいないと・・・」

「なあ、ヒロシ、オマエも弟妹いるんだったな。その弟妹が幸せになるって言われたら、どうだ」

「弟妹が、幸せになる・・・どういうこと？」

「アイツが言うには、もらわれていった先で、ジョージは、普通の生活ができて、普通に中学・高校・大学に行けるってさ。そう言われたらさ、オレらにはない、ここにはない生活と人生があるんだって、言われたんだ・・・だからな」

「だけど、イチやジョージはそれでいいのか。それでいいんか、イチ」

「あの金持ち風の人たちの中でジョージはやっていけるんだろうかってな、オレさ、なんか心配でな」

「それよりもだよ、イチの気持ちはいいのか。それでいいのか」

「・・・オレはジョージと一緒にいたいさ。でもな、あと二年って先が見えてるんだ。ジョージは今年小学二年生になるだろう。アイツ、キタノが言うには、子供はもらわれるならなるべく小さい時の方がいい、らしい」

　ヒロシにはわかるようでわからなかった。話をしている間に、また右足の脛《すね》が激しく痛みを爆発させてきた。

「絶望的だ。クソッ」

つぶやくと一朗太は深く息を吐いて、目を閉じた。

夜になって、海人と一朗太はまた密談を始めた。そこへさらに二人が加わった。海人と同学年の正男と、一朗太と同学年の信介だった。この二人は露木部長に目をつけられていてよく怒鳴られていた。


この夜からヒロシの右脛《すね》の痛みが激しくなり、少しずつ熱が出てきた。

二日後の朝になって、見かねた節さんは露木部長を連れてきた。

「部長さん、医者に診せないと。かなり痛がっているし熱も高くなってきてるし、腫れてきてる。今朝なんかご飯も食べられないで痛がってるんだ」

「どら」

彼は乱暴に布団をめくった。

「包帯してたんじゃ、さっぱりわからん」

「じゃあ、取りましょか」

節さんが包帯を取ろうと足に触れると、激痛が走った。ヒロシは叫んだ。

「イ、イタイ！」

「なんだ、元気じゃないか。飯食わんと元気出んぞ」

笑いながら露木部長は出て行った。

「なんとか、医者に診てもらえないかね。あの腫れ方は尋常じゃないよ」

節さんは廊下にまで追いかけていって、珍しく食い下がって訴えていた。


しばらくして節さんが、高橋さんを伴って戻ってきた。

「ヒロシ、病院に連れて行ってもらえるよ。準備するからな」

節さんは本当に心配してくれていた。高橋さんに右足の脛《すね》を指して、説明していた。高橋さんがヒロシを抱えた。ヒロシもうすぐ中学生だし、この施設に来てから少しずつ肉がついてきていたので、高橋さんはヒロシを抱えて唸った。

「う〜ん、結構重たいんだね」

「・・・歩きます」

「いいから、しっかりつかまってな」

節さんは付き添った。

ジョージも一朗太もみんな勉強を中断して下までついて行こうとして、節さんにとがめられた。

「あんたらは、まだ勉強時間だろ」

黙って、みんな部屋に戻った。

「ヒロシ、元気でな」

一朗太が言うと、節さんがあしらった。

「からかうな、バカたれが。病院に行って来るだけだ」

ヒロシは車の後部座席に横になった。節さんは、助手席に座って、高橋さんは運転席に座ると、エンジンをかけた。

「・・・節さん、あの診療所でいいかな」

「あそこがこの辺じゃ一番大きいもんな。私みたいな、こんな足になったらかわいそうだからな」

　二人はそれからしばらく何も話さなかったが、高橋さんがためらいがちに口を開いた。

「節さん、ヒロシは剣道でどうしたんですか」

「ヒロシ、起きてるか。ヒロシ、オマエ、誰とやってて打たれたんだ」

「・・・キタノセンセ」

「なんだよ、キタノさんか。相手が悪いな。で、脛《すね》を打たれたってわけか」

　高橋さんは、独り言のように言った。何かヒロシに話しかけたが、痛くて返事をすることも辛い。また、会話が途絶えた。

　高橋さんがポツリと言った。

「おかしいな、剣道ではあまり脛を打つなんてことしないんだけどなあ。剣道では防具をつけているところは打っていいわけで、脛には防具はつけていないからな。しかも、大人の上段者が、素人の子供相手に防具なしの脛打ちとは、・・・ひどいな」

「防具、つけてなかったってことかい」

「いやいや、剣道の防具はもともと脛《すね》にはつけないからな」

「そこを、あの体格でこんな子にな・・・」

気が遠のきそうになりながらヒロシは、あのキタノ先生の誇らしげな目つきを思い浮かべた。話している高橋さんの誠実そうな横顔がぼんやり見える。


病院でレントゲンを撮ると右脛にひびが入っていることがわかった。熱もあり食事もとれずにいたので点滴をすることになった。ヒロシは病院で久しぶりに痛みから解放されて心地よく深い眠りに落ちていった。

一日入院して、翌日午後に高橋さんが車で迎えに来てくれたので、ヒロシはのぞみ野学園に戻った。ヒロシの右足はギプスで固定されていて、歩行用に松葉杖を渡された。たった一日しかたっていないのになんだか新鮮な気分で、一歩一歩部屋への階段を上っていった。

〝しらかば〟に戻ると様子が一変していた。

ジョージのベッドの上が整理されていて、ジョージの私物が何もない。すーっと血の気が引いた。一朗太の私物は残っている。みんなの様子がおかしい。同室の中学生の小島も佐々木もみんなも、何か言いたげでソワソワしている。

ヒロシは松葉杖をベッドのわきに立てかけて、ベッドに横たわった。病院から退院してきただけなのに、軽く疲れを覚えた。

「ヒロシ、大丈夫か」

部屋の奥で相変わらず勉強をしていた富岡先輩が、声をかけてきた。

「あ、富岡先輩。はい、なんか脛《すね》にひびが入っているって、お医者さんが言ってた。一週間たったらまた見せに行くんだって」

「痛いか」

「今は痛くないよ」

「あのな、ヒロシ・・・」

富岡先輩の言葉が詰まった。

「はい」

「あのな、ヒロシ・・・」

富岡先輩は同じ言葉を繰り返した。

「・・・ジョージは、別のところに行った」

「行ったって、帰ってこないってことですか」

「きっとな。オレたちにはよくわからない。だけどな・・・私物を持っていっちゃったぞ」

「そうなんだ」

やっぱりか、とヒロシにはわかった。

「・・・なんか、ジョージがいないと寂しいな。それにしても、ずい分と急だよね」

ヒロシは一朗太から話を聞いていたことは言わなかった。

「そうだな。寂しいな」

「そういえば、イチがいないけど・・・」

「一朗太が、イチは、・・・な」

富岡先輩はみんなと顔を見合わせてから、言った。

「どうせわかることだから言っておく。今日な、イチは逃げた」

「逃げたって、・・・」

「四人で、集団脱走だ」

ヒロシは、絶句した。

ヒロシも施設へ来てこの数か月の間に、いろいろな話を聞かされていた。ヤキを入れられるとは、ひどく体罰を受けること。逃げるとは、施設を無断で出て逃げて行ってしまうこと。しかし、集団脱走なんて初めて聞いた。

「四人で、一緒に逃げたってことですか」

「そのようだ」

ヒロシは驚きでいっぱいになった。一朗太は、ジョージのことがどうにも我慢がならなかったのだろうか。

「あのな、一朗太のヤツ、海人と・・・それに正男と信介の四人で出たらしい」

富岡先輩は慎重に言うと、中二の小島がさらに付け加えた。

「だからな、みんな、今日は部屋から出たらダメだってさ」

ヒロシは、真夜中の密談はこれだったに違いないとピンときた。イヤ、みんなだって、薄々気づいていたはずだ。

それから、富岡先輩を囲んでアアだコウだと話しているところを聞くと、ジョージは昨日の午後、急に連れて行かれてしまった。そして、今日、朝食が終わって、学習時間の間に四人は逃げたようだった。

今は春休みで、じき四月になり新学期が始まる。そんな中の出来事だ。

〃もうすぐ四月だからだいぶあったかくなってきているから走れば寒くない〃、〃どこかに、どこへでも逃げて行ってつかまらなければいい〃、〃どこに行く気なんだろうか〃などとみんなでいろいろと話をしていた。

「どこに向かって逃げていようと、必ずつかまって、必ず戻ってくるよ。必ずだ」

富岡先輩は、〝必ず〟を強調した。その富岡先輩の言葉は、みんなを落ち込ませた。戻ってきてからどうなるかみんな知っているからだった。

ヒロシは一朗太に〝どこでもいいから逃げて逃げて、逃げ切ってくれ〟と願った。

訳もなくそう願った。一朗太の暗い目の奥に潜む、計り知れない辛い渦を思いやった。

（八）

夕食のチャイムが鳴った。慣れない松葉杖でゆっくり食堂に下りていくと、小島がヒロシの夕食のトレーを運んできてくれた。

「ヒロシ、オマエさ、イチと仲良かったからさ、逃げるの知ってたんでないのか」

小島は度の強い眼鏡の奥から覗き込むようにして聞いてきた。

「知らないよ。知ってるわけないよ。第一、オレは入院してたし」

コツコツ、竹刀の床を突く音がした。みんな一斉に私語を止めて姿勢を正した。

キタノ先生は、いつも男のような言葉で力強く話す。

「みんな、よく聞きなさい。食事が終わったら、みんな、自分の部屋にいなさい。出て歩いたらだめだぞ。いいな。今日は風呂なしだから、七時までは勉強してなさい」

口がパクパク動くとピンクの口紅が際立っていたし、今日は濃い青色のセーターにブローチをつけていた。しかし、キタノ先生は、いつもより目が鋭くとんがっていた。

「当番」

「はい、では、いただきます」

「いただきます」

静かな夕食が始まった。配膳台の端の方に四人分のトレーが残されていた。

にぎやかな幼児たちの夕食が終わり、小中学生だけになると、今日はとりわけ静かだった。だいたいの人が食べ終わると当番が前に出る。

「ごちそうさまでした」

〝ごちそうさまでした〟みんなで静かに唱和した。小学生の低学年など少し食べるペースが遅い人は、残って食べている。

小島に付き添われて部屋に戻ると、先に食べ終わって部屋に戻っていた富岡先輩が待ち受けていた。二人の肩を抱くようにして声を潜めて言った。

「つかまったみたいだ」

「えっ、つかまったって？　何？」

「えっ、イチがつかまったんか」

部屋のみんなが口々に騒ぎ出した。

「シッ、シッ、騒ぐな」

富岡先輩が室長らしく、注意した。騒ぐなと言われても今はみんな、それどころではない。ハラハラ、ドキドキして何度も富岡先輩に話しかけようとした。気が気でないが、口をつぐんでいると、もうすぐ中三になる佐々木が我慢しきれず口を開いた。

「センパイ、その話どこで聞いたんですか」

「さっきな、用事で事務室に行った時な、キタノ先生が、電話で話してるのを聞いてたんだ。間違いない」

「イチは、帰って来てるんか」

「オレも詳しくはわかんない。しょうがない、今はみんな勉強してろ」

　みんな落ち着かないが、勉強している風をとった。どんどん時間が過ぎても一朗太は戻ってこなかった。施設内は静かだった。特に男子ばかりの二階は静まり返っていた。静かなまま時が過ぎていった。八時を回ろうとした頃には、みんな一朗太がつかまったということを訝しがった。

「男子全員、講堂に集まりなさい。至急、集まりなさい」

　館内放送が響いた。不気味な沈黙の時間を突き破ったのは、もう夜も八時を三十分も回ってのことだった。この時間帯はほとんどの職員はすでに帰宅していて、幼児と女子の担当と男子の担当の二人だけが当直として施設に残っているだけのはずだ。

　放送の露木部長の声は、いつもよりひどくきつい調子だったので、みんなおびえて緊張していた。講堂に急ぐ足音がコンクリートの施設内に響いた。ヒロシも松葉杖を突きながら急いだ。ヒヨドリが頑張って階段を下りていくのが見えた。一人遅れて事務室の前まで来ると、先に行ったはずの富岡先輩が戻ってくるのと出会った。

「あ、センパイ、もう・・・」

ヒロシが話しかけようとしても、顔を曇らせて無言のまま二階に戻って行ってしまった。

仕方がないので急いだ。


ようやくのことで、講堂に着いて、戸を開けた。

見ると五十人近くの男子みんなが仰向けに並んで寝ている。小学生も中学生も仰向けになって天井を見つめながら〝気を付け〟状態だ。

「早くしろ」

露木部長の声が飛んだ。

「はい」

すぐそばの空いているところにヒロシは仰向けになろうとした。ギプスをしているのでうまくいかず、松葉杖が音を立てて転がった。その時、竹刀がヒロシの尻を一撃した。

「ヒェッ！」

「声をだすんじゃねえ」

もう一撃を食らった。露木部長の声にただただおびえ、打たれた尻もひびの入った右足も雷を浴びたように痛い。

小学生も中学生も、みんな身動きせず耳だけを動かしたまま、じっと天井を見つめている。

「全員、そのまま気を付けだ」

みんな、音を立ててピンと手足を伸ばした。

「よおし、そのまま、両足を上げろ」

露木部長は回って歩いて、姿勢が悪いとか足が低いとかと怒鳴りながら、竹刀でど突きまわった。低学年はもうベソをかき始めている。

それからゆっくり前に戻ってきて、意地悪な調子で言った。

「よおし、お前ら、その姿勢のままでいろ。足はずっと、上げてろ、いいな」

それから、露木部長は、足を上げている子供たちの一番前で正座している四人を獰猛な目で睨みつけた。

「みんなよく聞け。今日の朝、海人・一朗太・信介・正男が脱走した。みんなが勉強している時間だというのに、走り回って、どっかへ勝手に行ってしまった。お前らも知ってのとおり、先生たちは手分けして一生懸命捜した。警察にも連絡して、協力してもらって捜した。こいつら四人はな、隣町まで走って、民家の裏に隠れていた。そこんとこを警察が保護してくれた。ふざけやがってな。全体責任だ」

部長は、責任はすべてこの四人にあると前置きして、あえて全体責任と言った。全体責任という言葉で、これから全体にヤキを入れることを宣言したのだった。

〝脱走をするということは、こうなることだ〟

ということを、男子全員に体で覚えさせてやると目が語っていた。ゆっくりと竹刀の先を四人に向けた。

「オイ、立て！」

四人はもう三十分以上も床板に正座させられていたので足がしびれていた。ふらつきながらも必死に立った。

立つと同時に、竹刀で二発ずつ尻を打たれていった。その思いっきりの打撃の強さに、四人は、ウッ、アウッ、イッと、うめきながら倒れ込んだ。

「オイ、なめんな。立て。オイ、立て」

再び二発ずつ尻が殴打された。しかし、それで終わらなかった。殴打は繰り返されていったのだった。

その間に仰向けになって足を上げている方も、辛くなってバタンバタンとあっちでもこっちでも足を落とした。そのたびに露木部長はその落とした足を竹刀でど突いた。

講堂内がヒーヒー、エッエッと泣き声に満ちてきたが、しばし露木部長は止めようとしなかった。やがて、それは終わった。

「いいな、テメエら、脱走は許さねえ」

そう言って、ニヤニヤしながらゆっくり苦しがっているみんなの間を一回りした。露木部長がそばを通るだけでみんな恐怖と緊張で体を硬直させた。

「さっさと、部屋に戻って寝ろ」

露木部長が講堂を去った。


講堂内のヒーヒーという泣き声は止まなかった。五十人近くの男子がみんな痛みと恐怖に耐えきれず嗚咽を漏らしていた。小学校低学年はみんな声を出して泣いていた。

ヒロシはギプスをしているので、尻以外は打たれることはなかったが、痛みが強くなり熱も出てきた。とりあえず部屋に戻ろうとした時、一朗太が激しく苦しんでいるのが目に入った。

みんなも痛みに耐えながらゾロゾロと負傷兵のように部屋に戻っていく。ヒロシもようやく松葉杖に寄りかかりながら立ち上がって、一朗太のところに歩み寄った。

「イチ・・・」

チラッとヒロシを見たが、苦痛に顔をゆがめてかがみこんでしまった。起き上がることとさえできない。

海人や他の二人はなんとか自力で立った。

そこへ小島も佐々木もやって来た。

「コジマ、ササキ、イチをみてやってな」

海人はそう言うと、ヨタヨタしながら引き上げていった。

小島と佐々木が両側から支えて、一朗太を立たせようとした。

「イチ、ほら、つかまれ、な」

一朗太が、痛がってうめき声を上げた。

「テメエら、まだいるのか」

露木部長が、戻ってきた。気が付くと、もうここに残っているのは〝しらかば〟

のヒロシたちだけになっていた。

「オイ、立て、一朗太。走って逃げる元気があったんだべ。走ったんだべ。バカ野郎が」

一朗太は一瞬露木部長を睨み、力を振り絞って立とうとした。小島と佐々木が手を差し伸べたにもかかわらず、倒れそうになった。慌てて二人が一朗太を両脇から支えた。

「オイ、一朗太。ふざけるんじゃねえ」

露木先生は、あらためて一朗太を後ろから蹴り上げた。一蹴りは一朗太の背中に、最後の一蹴りが首の辺りに入った。震え上がるヒロシたちを舐めまわすように見た。その露木部長の鈍い目の光は狂気を帯びて笑っていた。

「早く、部屋に連れて行け」

そう言って出ていく時、講堂の電気を消してしまった。廊下から漏れてくる灯りの中で一朗太の顔は、苦痛でゆがんでいる。足だけではなく他のところもかなりやられているようで、自力では立てない。小島と佐々木が両方から支えてゆっくり歩き出した。その佐々木も竹刀でど突かれたのか、太ももを痛そうにさすっている。その後ろをヒロシは松葉杖の音を立てないように注意しながら続いた。事務室の前を通る時、四人は緊張しながら通った。露木部長が目で見張っているのを気配で感じていた。

時間をかけてゆっくり〝しらかば〟に戻ると、先に戻った小学生がまだ泣いていた。

「イチ、・・・」

富岡先輩が迎えた。富岡先輩は高校生だったので難を逃れられたようだった。

「イチ、今日はここに寝ろ、な。上にあがるのキツイだろ」

そこはいなくなったジョージのベッドだった。佐々木や小島も手伝って、一朗太をなんとかパジャマに着替えさせた。その時、一朗太の背中や尻・太ももが赤紫になって腫れあがっていて、血がにじんでいるところもあった。それを見て、みんなは悔し涙を流した。

「クソッ、こうやってな、服を着たら見えないところにヤキを入れるんだ。チクショウ」

珍しく富岡先輩は激しく怒った。そうだったんだ、だから尻とか太ももなんだと、ヒロシは痛みの激しい尻をさすった。

「一朗太、イチ、大丈夫か」

「・・・あ、セ、センパイ。痛い」

「よし、冷やしてやるからな、待ってろ」

富岡先輩は、一朗太の赤く腫れているところに濡れタオルを作ってきて冷やした。それを、何度も何度も冷やしてやっていた。一朗太のあまりにもひどいヤキの痕に、それぞれ自分の痛さを忘れるほどであった。

ヒロシは明らかに痛いだけではなく、急激に熱が出てきていた。

富岡先輩が、静かに一朗太に語りかけた。

「イチ、きいてくれ」

富岡先輩が珍しく声を震わせている。

「イチ、オレはいつも勉強してるだろ」

富岡先輩の話にみんなが吸い込まれていった。

「オレはな、勉強してな、大学に行ってな、児童指導員になるんだ。イチ、オレはな、ここに戻ってくるんだ。オレはな、ここに戻ってきて、ここの子供たちを守ってやりたいんだ。な、イチ、今はなんにもできなくて、・・・ごめんな。イチ、・・・ごめんな」

富岡先輩は泣いているようだった。

その時、一朗太は黄色い液を吐いた。富岡先輩は丁寧に拭いてから、洗面器とコップに水を持ってきた。その洗面器に〝ジョージ〟と名前が書かれてあった。

「イチ、ほら、口に入れてからここに出せ」

一朗太の肩を少し抱いて高さを作った。

「オ、オレ、これ持ってるよ」

小島が洗面器を手に取った。ほんの少し水を口に含んだが、一朗太の口から水がだらしなく流れ出た。富岡先輩は丁寧に拭いてやった。

「もう一度、な」

富岡先輩は水を一朗太の口に含ませようと、ゆっくりコップを傾けた。一朗太の口は自分では開かなかった。富岡先輩は、一朗太の色を失った唇を開いてやって少し水を流し込んだ。

「イチ、少しでもいいから水を飲むんだ」

部屋のみんなが一朗太の様子を見守っていた。ヒロシは、足の痛さと熱に耐えながら、やはり一朗太の様子を見守った。一朗太は時々苦しそうに顔をゆがめてうめいた。


翌朝、節さんが来て、一朗太を見てびっくりしたようだった。

富岡先輩がすかさず節さんに言った。

「節さん、イチの調子がおかしい。かなり悪いよ」

そして、小声で、昨夜のヤキの様子を伝えた。

「ほんでも、オマエ、オマエは学校で補習あるんでないかい」

「ん〜、なんだか行きたくないな」

「勉強は、休んだらダメだよ。オマエは、行け。一朗太は私らで見ておくからな」

富岡先輩はシブシブ用意をした。

「あれれ、ヒロシ、また熱か。オマエも明日から四月だから中学生だな」

節さんは、ヒロシの脇に体温計を挟んだ。

「節さん、イチは、夕べからなんにも口に入れてないからね」

富岡先輩は節さんにそう言ってから、兄のように優しく一朗太の耳元にそっとささやいた。

「イチ、ガンバレよ、イチ、がんばるんだぞ」

それから小さな声で〝いってきます〟と言って、部屋を出て行った。

ヤキを入れた側が、一朗太に医者を呼ぶはずはない。打撲は時間が解決することになっている。昨夜、富岡先輩はそう言っていた。

ヒロシは解熱剤をもらってウトウトしていた。節さんが炊事場で今朝のご飯をおかゆにして持ってきた。そのおかゆの香りがヒロシにばあちゃんを思い出させた。お米が少ない時、ばあちゃんはおかゆにしてヒロシと弟妹に分けてくれたことがあった。それでも志門も奈津も笑いながら食べていた。

節さんは、一朗太の頭の下にタオルを挟んで少し高くして、おかゆを口に運んだ。

「イチ、少しでも食べないと元気出ないよ」

節さんは、食べようとしない一朗太の口に、スプーンで少し流し込んだ。

「おお、えらいエライ。ちょっとでも食うんだよ。ほら、もうちょっと、な」

お昼にはヒロシもおかゆの残りをもらった。節さんは、みんなに言った。

「ほかの部屋で遊んできな、一朗太に静かにしてやりな」

だから、午後は一朗太とヒロシ以外いなくなった。シンとした中でヒロシは苦しそうな一朗太の顔を見続けていた。

露木部長が覗きに来たが何も言わずに出て行った。

夕方、一朗太はまた吐いたが、もう腹の中には出るものがないのか黄色い液を少しだけ出した。ヒロシは解熱剤のせいかトロトロまどろんでいたが、一朗太はさらに何回か黄色い液を口から流した。節さんは、かいがいしく黄色い液を拭いてやったり水を補給したりしてやっていた。

節さんが涙を拭くのが見えた。

夕食の後、音も立てずにみんなは部屋を出て行った。富岡先輩はいつ戻ったのか、部屋の隅でいつものように勉強をしていた。ヒロシは熱が下がってずい分楽になっていたが、体がだるい。一朗太を見るとなんだか様子がおかしい。意識はあるのだろうか、熱があるのだろうか。起き上がって一朗太を見ようとして、ヒロシも打たれた尻がひどく痛いことに気づいた。

いつの間にか辺りは薄暗くなっていた。
ヒロシはずっと一朗太を見ていた。
一朗太はいつも何かに耐えているような暗い顔をしているが、今は表情がない。
意識があるのだろうか。
静まり返っている施設のどこからか歌声が聞こえてきた。

悲しい歌　うれしい歌
たくさん聞いた　中で
忘れられぬ　ひとつの歌
それは　仕事の歌
忘れられぬ　ひとつの歌

〝そうか、今日は木曜日か〟
ジッと耳を澄ましていると、涙がとめどなく流れてきた。

苦しそうな一朗太には聞こえているのかいないのか。

〝イチ、きこえるか〞

まどろんでいたが、人の気配で目が覚めた。ヒロシは目を閉じたまま身動きせずにいた。

「どうですか、先生」

「・・・うむ。こんなになるまで、ほっといちゃあダメじゃないですか。厳しいですよ。これは、かなり厳しいですよ。・・・うむ」

医者と看護師が来ているようだった。ぼんやり白衣が動く。

「はあ、でも子供同士のケンカですからね」

露木部長が平然と言ってのけた。

〝富岡先輩、聞こえてますか〞

「ここ、ん・・・朝までが山場だな。・・・もしかすると、厳しいかなあ」

医者は言いながら出て行った。

〝いやだ。うそだ〟
ヒロシの叫びは声にならない。
〝どうしよう。誰か、イチを助けて〟
心が壊れそうなほど叫んでいた。

（九）

静かな音のない朝を迎えた。ヒロシは少し起き上がって一朗太を覗き見た。

昨日と同じ青白い顔は動かない。

〝イチ、朝だぞ。朝がきたぞ〟

ヒロシは声にならない声をかけた。ふと見ると部屋のみんながそれとなく一朗太を見ていた。その時静かにドアが開いて足を忍ばせるようにして入って来たのは節さんだった。節さんは一度視線を一朗太に向けてから、口に指を一本立てて空気のような声で言った。

「音を立てるな。早く着替えて掃除はいいからさっさと食堂にいってなさい。勉強道具を持っていけな。んで、静かに勉強してろ、なっ」

「節さん、イチは一朗太は」

富岡先輩が節さんに歩み寄った。

「うん、やっとな、昨日の医者がこのままじゃだめだからってな、いっぱい言ってくれてな、ようやく病院に連れて行ってもらえることになってな。ほら、静かにな」

節さんの表情は朝の陽光の中でいつもよりずっと老けて見えた。

「富岡、みんなをたのむな」

「わかった」

みんなは青白い一朗太に心を残してそっと部屋を出た。富岡先輩もみんな黙したまま音を立てずに階段を下り、食堂に入った。朝の六時になろうとしていた。六時半になると〝カッコウのワルツ〟が鳴ってみんなが起きる時間だ。

みんなはなんとなく富岡先輩を囲んで集まってテーブルに座った。

「先輩、イチは大丈夫かな」

佐々木が小さな声で富岡先輩の顔を見た。

「・・・大丈夫だ」

富岡先輩は押しつぶしたような声で言うと、両腕を組み考え込むかのようにうつむいた。みんなは不安になりながら、なんとなく勉強道具を開いた。

その時、早朝の静けさをやぶって救急車がやってきた。その音はさらに大きくなって瞬く間に中庭に到着した。事務室から露木部長とキタノ先生が飛び出してきて、救急隊員三人と一緒に二階に駆け上がっていった。みんなは窓辺に寄って重なり合いながら見ていた。

まもなく救急隊員が一朗太を担架に乗せて音もなく下りてきた。一朗太にはすでに点滴が施されていた。救急車のドアの開け閉めの音はやたらと大きく響いた。一朗太の付き添いで救急車に乗り込んだのは節さんとキタノ先生だった。救急車の音はすぐに小さくなりやがて聞こえなくなった。

静寂が戻ってきた。

「ヒロシ、足はどうだ」

富岡先輩が静かにヒロシに声をかけた。

「あ、動くと痛いけど、熱は下がったみたいだ」

「そうか・・・」

その後は誰もしゃべらない。ヒロシは自分の足のことを忘れていた。


朝食後は部屋に戻った。この日、一日みんなは静かにしていた。ヒロシは一朗太が寝ていたベッドに何度も視線を送った。ヒロシも病院に入院して点滴をしてもらって元気になったので、なんとなく体も心も少し軽くなるのを感じた。

そして、この日、節さんはついに戻ってこなかった。


次の日も、朝食のとき男子はみんな静かだった。食堂内には女子の声と幼児の声がにぎやかに響いていた。

静かに食事も終わろうとしている時、土気色の顔をした露木部長が無表情のままに食堂に入ってきた。露木部長が前に立つと一瞬食事が止まった。

「・・・食事が終ったら、中学生は全員制服を着て部屋で待機してなさい。小学生も学校に行く時の服装で待機していなさい」

それだけ言うといつもの抜かりのない眼をギロリと少し動かした。それから、おもむろに革靴の音を響かせながら食堂を出て行った。みんなは不安になっていたが、誰も言葉を発しなかった。

「全員、十時十分前に一階事務室前に集合。おくれるな」

露木部長の声が放送を通して流れた。その声はいつにも増して緊張していた。それを聞いた子供たちはさらに緊張した。みんな急いで制服を直したりトイレに駆け込んだりした。

誰もしゃべらない。

十時少し前にみんなは音も立てずに階下に下りていった。その異様な雰囲気に女子も無言になった。静かに事務室前に待機した。

春だというのに急に雪が舞ってきた。春の雪はしっとりとしていて音もなく柔らかく舞い落ちる。地面に落ちるとすぐに溶けてしまう。それでも白い大きな雪の結晶は次々に舞い降りてくる。ヒロシたちの黒い学生服の上にも舞っては落ちて、落ちては溶けていった。

「よし、入れ。しゃべるな」

キタノ先生が体育館の扉を開けた。

みんなの体が凍ったようにぎこちなくなった。

体育館の前方中央には白い棺が置かれてあったからだ。それは広い体育館にポツンと置かれてあり、その前に立派な椅子が一つ置かれていた。

その棺は誰のものか男子みんな説明されなくてもわかっていた。いつ運ばれたのか食堂の椅子が並べられていた。一番前の列の椅子にポツンとジョージが座っていた。

「ジョージ・・・」

数人が言葉を飲み込むようにつぶやいた。それを目ざとくキタノ先生が睨みつけた。

上等な洋服に身を包んだジョージは知らない子のように下を向いたまま動かない。ヒロシたち〝しらかば〟の仲間がジョージの周りに座った。それでもジョージは身動き一つしない。ヒロシは職員に気づかれないようにそっとジョージの手を握った。ジョージの手がヒロシの学生服の長めの袖の中できつく握り返してきた。ジョージの手は氷のように冷たく、かじかんでいた。一瞬のふれあいだった。

子供たちが座ると施設職員が子供たちの周りに陣取った。高橋さんも節さんも志田先生もいた。炊事係も職員はみんな喪服で参列していた。

すぐに普段使われていない事務室とは反対側の扉が開いて、僧侶と杖を突いた年老いた女性がゆっくり入って来た。僧侶はそのまま進むと立派な椅子に慣れた様子で腰かけた。

女性がそろりと静かに前まで来ると、マイクを片手に露木部長は革靴の音を響かせて中央まで進んだ。

「園長先生からごあいさつ。全員起立」

ほとんどの人は目の前にいる園長先生に会ったことがなかったから、みんなは驚きながらすぐに起立した。

〝ばあちゃんより、ずっとばあちゃんだ〟

ヒロシはつぶやいた。

「園長先生、ではお願いいたします」

露木部長に渡されたマイクを園長先生と呼ばれた女性はしばし握りしめた。真っ白い髪の毛が輝くように見える。杖に体をもたせてゆっくりと語りだした。

「・・・残念です。昨夜病院で武田一朗太さんが亡くなりました」

高齢の園長先生の声は枯れていて震えていた。ため息をつきながらとぎれとぎれに話す。

「一朗太さんは、中学二年生になるところでした。本当に残念です。・・・みなさん」

そういうと、一人一人を見つめるかのように子供たちの顔を慈悲深い優しい眼差しで見渡した。

「みなさん。・・・なかよく、みんな仲良く暮らすのですよ」

園長先生の目には涙が湛えられていた。その時、海人は怒りの矢のような視線を園長先生に放った。

「結局はこうなんだ」

富岡先輩が唸るようにつぶやいた。

園長先生は本当に無念そうな表情をして苦しそうに言った。

「さあ、みんなで武田一朗太さんを送ってあげましょう。・・・残念です」

それだけ言うと、露木部長にマイクが戻された。

「これから武田一朗太君の葬儀を執り行います。一同着席」

低い露木部長の声にみんなが音を立てて着席をした。

「両手を合わせて黙とう」

すぐに読経が始まった。

ヒロシは脛《すね》の痛みがほぼなくなっていることに気づいた。薄目でそっと周りを見た。ジョージの小さな手は両ひざの上でこぶしを握っていた。海人の足が揺れている。苛立ちの揺れだった。佐々木も小島も苛立っていた。富岡先輩だけは肩を落とし少し前かがみで両手で顔を覆っていた。ヒロシもやりきれない悲しみでいっぱいだった。園長先生という女性は時々手で涙をぬぐっていた。見ると、節さんも泣いていた。ヒロシも急にジ〜ンとして泣きたくなってきた。

〝イチ、イチ。死んじゃうってそんなのダメだよ・・・〟

目を閉じるとやっぱりヒロシには、一朗太が死んでしまうということが腑に落ちない。

読経が終わったのか僧侶が立ち上がり、くるりとみんなの方を向いた。

「尊い若い命が、旅立ってしまいました。残念ですね。みなさんで武田一朗太さんのご冥福をお祈りいたしましょう。南無阿弥陀仏南無阿弥陀仏」

僧侶にしたがってみんな頭を垂れた。

僧侶と園長先生が立ち去るとどこからか黒い腕章に白い手袋の男の人が二人現れて、一朗太の棺を運ぼうとした。その時節さんは走り出た。

「ちょっと待ってください。お願いです。一朗太の弟に最後のお別れをさせてやってください。それに、それに、ここにいるみんなは一朗太の兄弟みたいなもんです。みんなにもお別れをさせてやってください」

二人の男は、露木部長を見た。

「ジョージ、お前だけだ」

「部長先生、みんなにも」

そうだそうだというように周りの職員も立ち上がって厳しい眼を露木部長に向けたが、露木部長は全く意に介さなかった。

「ジョージ、早くしろ」

露木部長の声に、節さんはジョージのそばに行き手を取った。ジョージはおどしながら立ち上がった。節さんに導かれて棺のそばに立った。節さんは喪章をつけた男の人に棺のカバーを外すように頼んだが、棺の小窓が開けられただけだった。

「兄ちゃん・・・」

ジョージが発したのはそれだけだった。ようやく死を理解し始める年齢のジョージにはこの一朗太がどのように映っていたのか。節さんは、ジョージの肩を優しく抱きしめた。

二人の男によって棺が運び出されていく。ドアの陰からジョージの新しい両親が姿を現し、ジョージを受け取った。棺が体育館を出ていく時、露木部長が言った。

「お前らは、静かにしていろ」

それを受けて高橋さんたち他の職員が前に出て、みんなに座っているようにジェスチャーで伝えた。

棺と共に露木部長とキタノ先生、そして節さんが続いて出て行った。

体育館のドアが締められると、みんなは走って窓辺に集まった。硝子越しに一朗太の棺を見送るのだ。棺が大きな黒い車に積み込まれるのが見える。

「イチ！」

声を殺した叫び声が誰からともなくわき上がった。

春の雪が風に舞って、そばに立っているジョージを連れて行ってしまいそうだった。新しいおかあさんはジョージの肩をしっかり支えていた。


その時、富岡先輩が思いを込めてドンと大きく床を踏んだ。海人も踏んだ。佐々木も小島もドンドンと踏んだ。ヒロシもヒヨドリさえも、いやみんなも床を踏み鳴らした。みんなやりきれなかった。

ドンドン、ドンドン
その音が大きくなりかけた時だった。

「みんな、いい？　みんな、泣いちゃだめ」

そういう志田先生の目は涙でいっぱいだ。

「泣かないで、いい？」

志田先生はもう一度言うと両手を広げた。

「ふ〜む〜」

そう、いつもの歌いだす時の音取りの志田先生の合図だった。そして指タクトを振り上げたまま一瞬止めた。一朗太の車の方に目礼した。みんなもそれに従い、そしてこの光景を目に焼き付けるように目礼をした。

「少し、小声にして」

志田先生は震える声でかすかに歌いだした。

　悲しい歌

　うれしい歌

みんなに声を出す音を抑えるようにジェスチャーで指示した。

たくさん聞いた　中で

忘れられぬ　一つの歌
それは　仕事の歌

一朗太を乗せた大きな黒い車と露木部長たちを乗せた車が動きだした。

その時、志田先生が叫ぶように言った。

「声を大きく、もっと大きく〜」

忘れられぬ　ひとつの歌

あ〜あ〜あ、腹の底から叫ぶように声が響いた。

一朗太がどんどん遠くなる。みんなは心を込めて歌った。泣きたい気持ちを一朗太に送っていた。

〝イチ、イチ。聞こえるか〟

ヒロシは叫んでいた。

悲しい歌　うれしい歌
たくさん聞いた　中で
忘れられぬ　ひとつの歌
それは　仕事の歌
忘れられぬ　ひとつの歌
それは　仕事の歌

ヘイ　この若者よ
ヘイ　前へ進め
さぁ　みんな前へ進め

了

児童福祉法第一条の理念。
すべて児童は、適切に養育されること、その生活を保障されること、愛され保護さ
れることなどの権利を有する。

あとがき

児童養護施設で生活する子供たちが健全に生きていくための権利はどのように守られているのだろうか。衣食住が提供されるだけではなく、子供の人権がどのように守られているのだろか。

親元を離れて生きている子どもたちに、「一光あれ」と祈るばかりです。

著者プロフィール
山﨑 しだれ（やまざき しだれ）
北海道生まれ
明治大学文学部卒業

2002年 「高校入試　超基礎がため　国語」旺文社
（解説・問題作成を執筆）
2010年～2022年　小説「空を見る子供たち」を連載
（埼玉県私塾協同組合 広報誌「SSK Report」）
2022年～　小説「春降る雪は音もなく」連載開始（同広報誌）

仕事の歌

2023年5月15日　初版第1刷発行

著　者　山﨑 しだれ
発行者　瓜谷 綱延
発行所　株式会社文芸社
〒160-0022　東京都新宿区新宿1－10－1
電話 03-5369-3060（代表）
03-5369-2299（販売）

印刷所　図書印刷株式会社

ISBN978-4-286-30090-0　JASRAC 出 2210189－201